KB048654

《모든 것의 이야기》는 참여문학의 계보를 잇는 현실적이고 사회비판적인 소설집이다. 과거와 현재를 고찰하고 미래를 조망하는 상상력과 인간에 대한 차분한 시선이다. 지금 한국사회의 차별과 혐오를 가감 없이 보여주는 장면들이 거칠게 느껴지기도 하지만 그것은 현실이 그렇게 거칠기 때문이다.

이 책을 읽으며 청소노동자 농성장 앞을 행진하면서 서로 환호하던 일, 차별금지법 제정을 위한 행진으로 대림동을 지나던 일을 떠올렸다. 지금 나는 구미산업단지에서 공장을 지키기 위해 농성하는 분들 사이에 앉아 추천사를 쓴다. 우리는 모두 각자의 싸움을 이어가고 있다. 그 싸움이 무엇 하나라도 변화시키기를, 더 나은 미래를 우리가 붙잡을 수 있기를, 투쟁.

— **정보라**(소설가, 《저주토끼》 저자)

이 책은 사람의 외로움에 대한 이야기이다. 이민자, 노동자, 무직자, 예술가, 모두는 시스템 속에서 외로워지고 만다. 그들을 비추는 것은 결국 사람, 태양만큼 밝거나 뜨겁지 않지만 자유의지를 가진 빛이다. 이 사회의 시스템과 같은 태양은 공전하고 자전하는 지구를 균일하게 비출 뿐이지만, 사람은 문 바깥으로 나아가 그림자 뒤의 사람을 발견하고 그를 밝힌다. 사람과 사람이 만들어내는 외로움의 물결, 그 그림자를 걷어낼 수 있는 것 역시 사람이라고 이 책은 말한다. 사랑하면서, 연결되면서, 싸우고 실망하기도 하면서, 결국 문을 열고 나아가는 모든 것, 사람의 이야기가 담겨 있다.

— **김민섭**(사회학자, 《나는 지방대 시간강사다》 저자)

'법률가' 김형규가 일하는 세상은 흑과 백만 존재한다. 그곳에서는 유죄와 무죄만 의미 있다. 하지만 삶은 그럴 수 없다. 우리는 무수하고 촘촘한 회색 사이를 유동한다. 그러니 어떤 이야기는 쓰지 않을 수 없어서 탄생한다. '소설가' 김형규는 현실의 테두리를 성실히 따라가며 이야기 다섯 편을 지어 올린다. 가난과 노동을 멸시하고 기어이 노동자와 노동자를 싸우게 만드는 세상이라 다짐하듯 쓴다. "그래도 더 나아가, 여기는 끝이 아니야"라고. 그 목소리에서 나는 세계에 대한 '통증'을 느낀다. 통증을 염증으로 바꿔 읽어도 무방할 것이다. '그럼에도'를 상상하는 것은 독자의 몫이다. '다음으로' 나아감은 소설이 세계를 감당해 온 방식이기도 하다. 당신이 몰랐던 이야기가 《모든 것의 이야기》 안에 담겨 있다.
— **장일호**(시사IN 기자, 《슬픔의 방문》 저자)

《모든 것의 이야기》는 김형규의 '첫' 소설집이다. 노동자, 소외 계층, 계급 문제로의 귀환, 김형규의 소설은 여전히 등껍질로 달라붙어 있는 계층과 계급 등의 문제를 정면에서 부각하고 있다. 더 첨예해지고 복잡해진 자본의 논리로부터 문학적 상상력으로도 놓쳐버린 그 무엇에 그의 '첫' 칼날은 향해 있다.
시대를 막론하고 거대 담론의 지배 논리와 폭력적이고 억압적인 체제 안에서 환대받지 못한 자들에게 바치는 헌사이자 고발이며 삶을 지속하기 위한 제의적 이야기다. 마지막에 실린 <구세군>은 지금까지 SF 문학이 본격적으로 접근하지 못했던 미학적 리얼리즘 서사의 지평을 열어갈 새로운 '문'이 될지도 모르겠다.
— **최성실**(문학평론가)

모든 것의 이야기

모든 것의 이야기

김형규 소설

nabiclub

화성의 미와 씨엔에게

이선-들에게

그리고 당신에게

차례

모든 것의 이야기

나는 문을 열고 들어선다.

어릴 적부터 별명은 늘 개코였다. 친구들의 도시락 통에 들어 있는 반찬 종류는 기본이고 아침에 무얼 먹고 왔는지까지 정확히 알아맞혔다. 눈을 가리고 냄새만으로 몇 미터 앞에 있는 사람이 누군지 알 수 있었다. 엄마가 도망간 것도 집에 도착하기 몇십 미터 앞에서 알았다. 골목에 들어서자 우리 집 방향에서 진득한 슬픔의 냄새가 풍겼다.

그렇지만 아무짝에도 쓸모없는 재능이다. 사람이 아무리 냄새를 잘 맡은들 공항이나 부두에서 마약 탐지를 시킬 수는 없는 노릇이다. 그런 재주로는 명문대에 진학하거나 돈을 많이 벌거나 남들로부터 존경받는 직업을 가질 수도 없다.

수정커피호프는 여자 냄새가 그리울 때 찾는 가게다. 며칠 전 사장에게서 새 아가씨가 왔다는 문자 메시지를 받고 냄새를 맡아보려고 온 것이다. 가슴을 만지거나 자는 것보다 냄새만 맡고 싶을 때가 있다.

대림동 주변 커피호프가 대개 그렇듯 수정커피호프도 지하에 있다. 임대료 때문이기도 하겠지만 아무렴 1층

모든 것의 이야기

에서 대놓고 여자 장사를 하기는 민망해서일 것이다. 지하로 내려가는 계단 중간쯤에 센서를 달아두었는지 손님이 들고 날 때마다 딩동 하는 소리가 난다. 하지만 지하층은 커피호프와 노래방이 나누어 쓰고 있으므로 두 가게 모두 벨 소리로 자기 손님을 구별할 방법은 없을 것이다. 세상에 있는 것은 모두 나름의 존재 가치가 있다고 하지만 실제로는 아무짝에도 쓸모없는 것이 적지 않다. 나처럼.

계단에서부터 지하 특유의 냄새가 난다. 곰팡이 냄새와 토사물 냄새와 오줌 지린 냄새와 따라둔 지 오래되어 김빠진 병맥주 냄새와 마른오징어와 한치 따위의 짠 내가 종합적으로 뒤섞여 있다. 문 앞에 서자 흐릿하게 화장품 냄새와 그보다 더 흐릿하게 여자 냄새가 난다. 사장 냄새와는 다르다. 새 여자다.

그러나 청각은 남들에 비해 조금도 나을 게 없으므로 문을 열기 전까지 안에서 그 소란이 벌어지고 있는 줄은 알지 못했다. 홀 안쪽의 테이블에서 세 명의 남자가 여자 하나를 윽박지르고 있다. 카운터에 앉은 사장은 난감한 표정으로 누군가에게 도움을 청하려는 듯 스마트폰을 붙들고 있지만 상대가 받지 않는 눈치다. 사장은 스마트폰을 귀에 댄 채 내게 잠시 기다리라는

11

눈짓을 한다. 나는 카운터 앞 테이블에 털썩 앉는다.

쌍년이 겁대가리 없이 어디서 사기를 쳐. 이게 와인 이야? 응? 누구를 한글도 못 읽는 멍텅구리 취급을 하 냐? 여기 과실음료라고 딱 쓰여 있는데, 이게 3만 원짜 리 와인이냐고!

수정커피호프의 테이블들 사이에는 가슴 높이로 칸막이가 세워져 있다. 소리를 지르는 자는 나와 마주 보는 둘 중에서 오른쪽 남자다. 등을 대고 있는 남자와 여자는 얼굴이 보이지 않는다. 남자들은 한국 사람인 데 내가 요즘 다니고 있는 빌라 건축 현장과 비슷한 냄 새가 난다. 건설 노동자들이다. 여자의 냄새는 계단에서 맡았던 것과 같다. 한족은 아니고 조선족 같기는 한데 또 미묘하게 다르다. 암튼 30대 중반 여성의 체취에 싸 구려 화장품 냄새가 섞여 있다.

좋다 이거야, 와인이든 주스든 3만 원짜리를 시켰으 면 3만 원어치 서비스를 해야 할 거 아냐? 가슴도 못 만 지게 해, 다리도 못 만지게 해, 네가 내 친구냐? 나랑 여기 놀러 왔어? 뭐든 얻어먹었으면 돈값을 해야 할 거 아냐?

사장은 전화 걸기를 포기했는지 남자들의 테이블 로 가서 간드러지게 웃으며 살살 달래본다. 애가 온 지 며칠 안 돼서 그래요. 아직 뭘 몰라서 그런다니까. 오빠

모든 것의 이야기

들 내 가슴도 아직 괜찮아. 나도 와인 한 병만 시켜주세요. 50대 초반쯤으로 보이는 사장이 애교를 떨어본다.

남자들의 반응은 예상을 벗어나지 않는다. 뭐야, 이 아줌마는? 비켜요! 사장은 바닥에 엉덩방아를 찧고 주저앉는다. 하지만 사장도 만만한 여자가 아니다. 내가 금방 다른 아가씨 불렀어요. 더 예쁘고 어린 애로 불렀으니까 좀만 참으세요. 20대야, 20대. 사장은 상대가 얼마나 무례하든 인상 한 번 쓰지 않고 웃는 낯으로 대한다. 보도방 친구들에게 문자를 보내놓았을 것이니 시간을 벌려는 수작일 터다. 남자들이 다른 여자를 맘에 들어 하면 그것대로 좋고, 만약 계속 행패를 부리면 그 친구들이 해결해줄 것이다.

그러나 남자들은 사장의 약속을 믿지 않는 것인지, 아니면 정말로 성이 단단히 난 것인지, 그것도 아니면 새 여자를 골려먹는 데 재미가 들린 것인지 몰라도 귓등으로 흘려들을 뿐이다. 처먹은 주스를 토하라고 할 수는 없으니까 나는 좀 만져야겠다. 여자 옆에 앉은 남자의 목소리다.

제발 이러지 마세요, 제발요. 여자가 애원해본다. 하지만 별수 없을 것이다. 적어도 지금 이 가게에 여자를 도와줄 사람은 없다. 꺄악. 결국 여자가 비명을 지른다.

무슨 일이 벌어지고 있는지 보지 않고도 알 만하다. 사장은 고개를 절레절레 흔들면서 자리를 털고 일어나 카운터로 되돌아온다. 다시 스마트폰만 만지작거린다.

여자는 연신 소리를 지르고 그럴수록 남자들은 더 신이 나서 껄껄 웃는다. 원래 그런 것이다. 약자가 비명을 지를수록 강자는 더 잔인해진다. 그래서 최선의 방어는 공격이라는 것인데 그런 사실을 아는 사람은 많지 않고 알아도 행동에 옮길 수 있는 사람은 더 드물다. 비명소리가 지하의 실내를 울린다. 저런 소리에선 참을 수 없이 고약한 냄새가 난다. 어쩌면 소리에서 나는 것이 아니라 소리와 함께 나는 것일 수도 있다.

거 그만 좀 하쇼. 시끄러워서 참을 수가 있어야지. 쓸데없이 끼어드는 이유는 냄새를 멈추기 위해서다. 고약한 냄새는 피비린내를 닮았다.

아버지는 하루도 빠짐없이 술을 마시고 들어와서 엄마를 죽도록 때렸다. 정확히 죽지 않을 만큼 때렸다. 엄마는 피투성이가 된 채로 살려달라고 비명을 질렀지만 비명을 지른다는 이유로 더 맞았다. 물론 비명을 지르지 않았더라도 더 맞았을 수 있다.

이건 뭐야? 남자들 중 하나가 테이블 앞에 서 있는 나를 올려다보며 대거리를 한다. 어디 짱깨 새끼가 대한

모든 것의 이야기

민국 한복판에서 대한민국 국민한테 훈계를 하나? 여자는 상의가 거의 벗겨져 있고 원래 무릎 아래까지 내려왔을 치마도 팬티가 다 보일 만큼 올라가 있다. 진심으로 동정심 같은 것은 없었다. 냄새를 참을 수 없었을 뿐이다. 하지만 일단 싸움을 걸었으면 첫 방에 기를 죽여야 한다. 지금처럼 쪽수에서 밀릴 때는 특히 그렇다.

나는 테이블 위에 놓인 빈 맥주병 두 개를 양손으로 집어든다. 남자들은 살짝 당황한다. 나는 테이블 바깥쪽으로 몸을 돌리면서 맥주병들을 맞부딪혀 깬다. 부딪치는 세기와 각도를 정확히 조절하는 게 중요하다. 잘못했다간 내 손이 나가거나 유리 파편이 사방으로 튀어버린다. 남자들이 깜짝 놀란다. 여자는 손으로 얼굴을 가린다. 맥주병의 깨진 단면이 죽창처럼 날카롭다.

나는 오른손에 쥔 죽창을 여자와 마주 앉은 남자의 눈앞에 가져간다. 남자의 얼굴이 삽시간에 파랗게 질린다. 왼손의 죽창으로는 여자 옆자리의 남자를 겨눈다. 남자의 눈동자가 심하게 흔들린다. 겁은 심하게 줄수록 좋다. 조금이라도 망설이는 모습이나 허술한 구석을 보여서 상대가 저항하게 되면 정말로 찌를 수밖에 없다. 아버지에게 그랬던 것처럼.

여자 나오는 술집이고 자신들이 여자에게 한 짓도

15

법적으로 크게 문제가 된다는 것을 알고 있을 테니 피를 보지만 않는다면 신고는 하지 않을 것이다. 나는 조선족에 대한 편견을 충분히 이용한다.

물론 한국에 들어와 있는 조선족은 대개 선량하고 성실한 사람들이다. 돈 몇 푼 벌자고 타향만리까지 힘들여 온 사람들이다. 식당과 공장과 공사장에서 하루하루 노동하고 그렇게 번 돈으로 양꼬치집도 마라탕집도 차리고 아파트도 사고 건물도 산다. 부자 행세하는 조선족이 제법 많아졌다. 영화에 나오는 조선족 조폭 이야기는 순 엉터리다. 나 같은 쓰레기가 없는 것은 아니지만.

여태 잠자코 있던, 여자와 대각선 방향의 남자가 덜덜 떨리는 목소리로 사장을 찾는다. 여기, 여기, 사장님아, 119 불러, 119. 겁을 집어먹은 남자는 112와 119도 헷갈린다. 사장은 112든 119든 신고하지 않을 것이다. 그래도 남자들은 자신들의 수가 더 많다는 것을 알고 있다. 나는 선제적인 예방조치로 종종 쓰는 방법을 쓴다.

오른손에 쥔 맥주병의 깨진 부분으로 왼쪽 팔뚝을 천천히 내리긋는다. 여기서도 힘 조절이 아주 중요하다. 자칫 너무 깊게 그었다간 병원에 실려 갈 수 있다. 칼날처럼 예리한 날에 맨살이 갈라지면서 새빨간 핏방울이 송골송골 솟아난다. 동시에 남자들에게 마지막 한 줌

16   모든 것의 이야기

남은 저항 의지마저 사라진다. 여자는 오줌을 싸기 시작한다. 진한 유자 향 같은 냄새가 주변으로 번진다.

남자들은 테이블 밖으로 나와서 여자의 오줌이 흐른 바닥 위에 무릎을 꿇고 머리 숙여 사과한다. 계산을 하고 도망치듯 가게를 빠져나간다.

이번 생은 내 책임이 아니다. 삶은 그저 살아가는 것이다.

여자는 여전히 겁에 질린 얼굴로 거듭 고맙다고 인사를 한다. 북한 말투를 쓴다. 조선족이 아니었다. 나는 여자에게 씻고 오라고 한다.

여자를 옆에 앉히고 맥주를 마신다. 330시시 작은 병 두 병에 만 원이다. 사장이 소독약과 반창고를 가져와 급한 처치를 해주고 안주는 공짜라며 한치와 육포를 내온다. 보도방 친구들이 뒤늦게 연락을 해왔지만 욕만 바가지로 얻어먹는다. 사장은 카운터로 돌려보낸다. 냄새가 섞이게 하고 싶지 않다.

문신도 안 한 사람이 어찌 그리 과격합니까? 여자는 그제야 긴장이 좀 풀렸는지 설핏 웃으며 묻는다. 나는 대답 대신 어디 출신인지를 되묻는다. 청진에서 왔습니다. 중국에 돈 벌러 나왔는데 한국 오면 더 쉽게 더 많이 벌 수 있다고 해서 왔습니다. 그런데 쌩 거짓말인 것 같습니다. 여자의 얼굴이 밝아진다.

　이름이 미라고 했다. 하나원을 나온 지 한 달쯤 되었는데 빨리 돈을 많이 벌고 싶어서 인터넷 구인광고를 보고 찾아온 곳이 수정커피호프였다는 것이다.

　와인도 한 병 시켜줬으면 적당히 비위도 맞춰주고 그러지 왜 유난을 떠냐? 너도 참 대단하다. 내가 타박을 한다. 그런 짓까지 할 줄은 몰랐단다. 커피호프에서 일하는 여자의 말이라고는 믿기 어렵지만 아까 하던 꼬락서니를 보니 믿지 않을 수 없다.

　저는 혼인도 했고 다섯 살짜리 아이도 하나 있습니다. 미는 대단한 비밀이라도 털어놓는 듯한 표정으로 이야기한다. 우스웠다. 커피호프나 노래방에 나오는 여자들 중에 유부녀가 한둘인가. 다들 그렇게 산다. 그렇게 해야만 산다. 밥벌이는 냉정하다. 일하지 않으면 굶고, 굶으면 죽는다. 굶어 죽을 지경에 놓여 제 손으로 가족을 모조리 죽이고 자살하는 가장의 이야기도 뉴스에 자주 나온다.

　미는 술이 약하다고 했다. 둘이 합쳐 여섯 병째 마셨을 때 얼굴이 발개지다 못해 새빨갛게 달아올랐다. 나는 세 병을 더 시킨다. 작은 병이 성에 차지 않지만 할 수 없다.

　　　　　　　　　모든 것의 이야기

저는 믿음과 신의가 우리 인생에서 제일로 중하다고 생각합니다. 미는 취기가 오른 표정과 목소리로 자신의 비장한 신념을 밝힌다. 나는 살아오면서 한 번도 저런 생각을 해본 적이 없다. 살아남는 게 가장 중요했다. 조금이라도 방심하면 칼을 맞거나 비렁뱅이가 된다.

머리에 열 바늘 꿰맨 흉터가 있다. 집에서 처음 도망 나와 들어갔던 도시의 공장에서 방을 함께 쓰게 된 친구가 있었다. 나는 그처럼 성실하고 선량한 사람이 세상에 존재한다는 데 놀랐다. 아침에 일어나면 늘 맨손 체조를 했고 공장에 다녀온 저녁에는 항상 책을 읽었다. 누가 시키지 않아도 일에 서툰 신참들을 앞장서 챙겼고 몸을 다치거나 어려운 형편에 처한 동료들을 가족처럼 도왔다. 무엇보다 눈빛이 고왔다. 남자면서 그렇게 부드럽고 깊은 눈빛을 가진 사람을 나는 처음 보았다. 말로 표현할 수 없을 정도로 고결한 냄새가 났다. 다만 익숙한 가난의 냄새가 섞여 있었다.

같은 시골 출신인 데다 동갑이어서 우리는 금세 친해졌다. 체격이 비슷해서 옷도 같이 입었고 밥도 같이 먹으며 친형제처럼 지냈다. 그러나 그는 나에게 친구나 형제이기보다 우상이었고 신성한 존재였다.

하지만 그도 인간이었다. 어떤 점에서는 보통의 인

간에도 미치지 못하는 인간이었다.

고향에서 아버지가 편찮으시다는 연락이 왔다고
했다. 간암이라고 했고 좋은 병원에서 수술을 받으려면
큰돈이 필요하다고 했다. 당연하게도 공장에서는 모금
운동이 벌어졌다. 십시일반으로 수술비를 모았다. 한
달 치 봉급을 통째로 내놓는 사람도 있었다. 두 주 만
에 수술비의 절반 가까이 되는 돈이 모였다. 그를 존경
하는 사람이 나만은 아니었던 것이다.

그는 월요일 조회 시간에 공장장의 안내로 단상에
올라 동지들의 도움에 크게 감사드리며 모아주신 돈은
훗날 반드시 갚겠다고 약속했다. 그의 말을 들으며 여
럿이 눈물을 훔쳤다.

이튿날 함께 출근하던 길에 그는 방에 두고 온 것
이 있다며 되돌아갔다. 그러나 출근 시간이 지나도록 나
타나지 않았고 한 시간 두 시간이 더 지나도 오지 않았
다. 관리자가 내게 지각 이유를 물었지만 나도 아는 것
이 없었다. 사고가 난 것이 분명하다고 생각했다. 관리
자에게 사정을 말하고 집으로 달려갔다. 혹시라도 큰일
이 생기지는 않았을까 마음을 졸이며 전력으로 달렸다.

다가구주택 3층에 있는 방 앞에 여자 하나가 서 있
었다. 한눈에도 몸매가 호리호리하고 미모가 빼어났다.

모든 것의 이야기

왜 그런 여자가 우리 방 앞에 서 있는지 어리둥절했다. 여자에게서 진한 술집 냄새와 여러 남자의 냄새가 섞여서 났다. 술집에서 일하는 여자였다. 나는 여자를 밀치고 방으로 뛰어 들어갔다. 그는 지폐를 펼쳐놓고 세는 중이었다. 내 돈을 숨겨둔 짐 보따리도 풀어 헤쳐져 있었다. 내 돈 삼백 원도 이미 남자의 돈다발에 섞여 있는 것 같았다.

지금 뭐 하는 거야? 남자는 깜짝 놀란 눈으로 나를 쳐다보았다. 손을 덜덜 떨었다. 나는 그때까지만 해도 남자가 아버지 수술비가 모자라서 내 돈까지 건드리고 있다고 생각했고, 그래서 분노보다 안쓰러운 마음이 앞섰다. 그는 여전히 내게 신성한 존재였기 때문이다. 그러나 나는 남자의 대답을 듣기도 전에 정신을 잃었다. 여자가 벽돌로 내 뒤통수를 내리찍었다.

남자는 사라졌다. 공장 동료들이 한 푼 두 푼 모아준 돈도, 내가 1년 동안 안 먹고 안 입으면서 모은 돈도 함께 사라졌다. 아버지가 간암을 앓고 있다는 이야기는 거짓말이었다. 술집 여자의 꾐에 빠졌거나 혹은 여자와 작당해서 모두를 상대로 사기 행각을 벌인 것이었다.

여러 해가 지나 내가 폭력단에 속해 있을 무렵 그들 남녀의 소식을 건너 건너서 들었다. 남자는 간암에 걸려 죽었고, 여자는 남자가 죽은 뒤에 어느 산골로 팔려갔다고 했다.

삶은 그런 것이다. 누구도 믿을 수 없고 삶 자체도 썩 믿을 만한 것이 못 된다.

억지로 술을 마실 필요는 없다고 했지만 미는 잘 마시지도 못하는 술을 연거푸 들이켠다. 오빠는 이름이 뭡니까? 씨엔. 원래 이름은 현태인데 다들 그리 부른다. 너는 진짜 이름이 뭐니? 저는 혜미입니다. 강혜미. 숨길 이유가 뭐가 있겠습니까?

오빠, 저는 돈을 많이 벌어서 반드시 북으로 돌아갈 겁니다. 그래서 지금도 돈이 생기면 즉시 달러로 바꿔둡니다. 이거 웃긴 년이네. 가긴 어딜 가냐. 한국에서 조선으로는 갈 방법이 없어. 아뇨, 갈 겁니다. 중국으로는 합법적으로 나갈 수 있고 중국에서 조국으로 돌아가는 건 일도 아닙니다. 제가 산도 잘 타고 수영도 정말 잘합니다. 미는 두 팔을 벌려 헤엄치는 시늉을 한다.

미는 많이 취한 것 같다. 나는 미의 이야기를 듣는 둥 마는 둥 미에게서 흩어지는 냄새를 맡는 데 정신이 팔려 있다. 나는 술보다 미의 냄새에 취해간다.

저는 맨날 똑같은 꿈을 꿉니다. 꿈에서 날마다 그리운 사람을 만나요. 처음에는 진짜인 줄 알고 너무 반

모든 것의 이야기

가워서 끌어안고 엉엉 울었습니다. 그간의 모든 이야기를 찬찬히 다 들려줬습니다. 다시는 헤어지지 말자고 손가락을 걸고 맹세했습니다. 그런데 깨고 보면 언제나 꿈인 거예요.

눈물 냄새가 난다. 아직 사라지지 않은 오줌 냄새와 술 냄새와 싸구려 화장품 냄새와 간절함의 냄새와 미의 어떤 본질에서 나는 향긋하고 청량한 냄새가 눈물 냄새와 뒤섞인다.

그런데 오빠, 맨날 똑같은 꿈을 꾸니까요, 어느 날부터는 꿈속에서 내가 꿈을 꾸고 있다는 걸 아는 겁니다. 구별하는 법을 깨쳤거든요. 책상 모서리처럼 각진 부분이나 머리카락처럼 세밀한 부분을 들여다보고 있으면 갑자기 윤곽이 흐릿해지는 때가 있어요. 그러면 꿈인 겁니다.

앞의 일을 기억해보는 방법도 있어요. 그 사람과 어디서 어떻게 다시 만나게 되었는지, 그 장소에는 어떻게 오게 되었는지 되짚어보는 거예요. 꿈이니까 당연히 생각이 안 납니다. 그럼 꿈이란 걸 아는 겁니다.

신기하게 꿈인 것을 알고 나서도 깨지 않을 때가 있어요. 저는 그 사람에게 이야기를 합니다. 지금 꿈을 꾸고 있는 거라고요. 그 사람은 믿지 않아요. 저는 지금이 꿈속인 이유를 차근차근 설명해줍니다. 우리는 서로를 부둥켜안고 울어요. 그러다 깨어납니다. 요즘은 이런 꿈을 종종 꿉니다. 저는 어쩐지 그 사람도 같은 꿈을 꾸고 있을 거라는 생각이 들어요. 나는 돌아갈 겁니다. 자본주의 대한민국에서 돈으로 안 되는 일이 있겠습니까?

나는 미에게, 그녀가 그만큼의 돈을 벌기 쉽지 않으리라는 것을 굳이 말하지 않는다. 아마도 알고 있을 것이고, 모른다면 곧 알게 될 테니까. 나는 이미 미의 냄새에 취해 정신이 몽롱하다. 취할 만큼 술을 마시지는 않았다.

내가 비밀 하나 말해줄까? 어떤 비밀입니까? 미가 취한 목소리로 되묻는다.

있잖아, 내가 되게 무서운 사람이거든. 사람들은 나를 많이 무서워해. 미는 내 얼굴과 반창고를 붙인 팔뚝을 흘긋거리더니 고개를 끄덕인다.

그런데 내가 집에만 들어가면, 들어가서 문을 닫으면, 곧바로 눈물이 막 쏟아져. 왜 그런지 모르겠는데, 언제나 그래. 엉엉 울어. 무서운 것도 없는데 무서워서 온몸이 덜덜 떨려. 추워서 덜덜 떨려.

미는 측은한 눈빛으로 나를 바라본다. 미가 내 다

모든 것의 이야기

친 팔뚝을 따스하게 쓰다듬는다.

냄새를 맡고 싶어.

네?

네 냄새를 잔뜩 맡고 싶어.

그게 무슨 말입니까?

나는 네 옆으로 바짝 붙어 앉는다. 네가 화들짝 놀라 몸을 뒤로 빼며 움츠린다. 나는 네 목과 가슴에 얼굴을 파묻고 숨을 한껏 들이마신다. 머리가 핑 돌 것 같다. 네가 온 힘을 다해 나를 밀쳐내려 하지만 내 힘을 이기지 못한다. 나는 네 사타구니로 코를 들이민다. 아찔한 향기가 덮쳐온다. 오줌 냄새와 생식기 냄새가 날카롭게 코끝을 파고든다.

너는 아까처럼 비명을 지른다. 비명에서 절망감과 배신감의 냄새가 난다. 네가 작은 주먹으로 내 뒤통수를 마구 때린다. 이곳에는 여전히 너를 도울 사람이 아무도 없다.

내가 고개를 든다. 네가 내 뺨을 후려친다. 네가 자리를 박차고 일어선다.

이런 미친 경우가 대체 어디 있습니까?

네가 테이블을 돌아서 빠져나간다. 겁에 질려 허겁지겁 문 쪽으로 달려간다. 나는 집에 들어가 문을 닫고

난 뒤처럼 섦게 울기 시작한다.

　네가 문을 열고 나아간다.

‡ 화성 마오 기지, 2043년

나는 문을 열고 들어선다.

　오늘도 같은 꿈을 꾸었다. 당신의 꿈. 당신이 나를 용서하고 끌어안았다. 당신의 품속은 포근했다. 집이었다. 그런데 이번에도 내가 어떻게 집까지 오게 되었는지, 당신을 어떻게 다시 만나게 되었는지 기억나지 않았다. 꿈인 것을 알았다.

　당신 품에 안긴 채로 말했다. 진짜로 만난 게 아냐. 꿈을 꾸고 있는 거야. 당신이 나를 품에서 살짝 떼어내더니 얼굴을 마주 보며 의아한 표정을 지었다. 그게 무슨 말이야?

　나는 당신에게 설명했다. 당신과 헤어지고 나서 날마다 같은 꿈을 꾸고 있다는 이야기를 해주었다. 지금도 꿈속이고 왜 그런지를 말해주었다. 당신은 내가 농담을 하고 있다는 듯 부드럽게 미소 지었다. 이리 와. 당신이 나를 다시 끌어안았다. 또 속을 뻔했다. 하지만 나는 알고 있었다. 지독히 많이 겪은 일이니까. 한 번

　　　　　　　　　　　　　모든 것의 이야기

헤어지고 수백 번 다시 만난다.

나는 늘 그랬듯이 당신에게 그사이 있었던 일들을, 우주 비행과 화성 거주와 경작 실험을 위해 지구에서 받은 훈련들과, 길고 지루했던 몇 달의 비행과, 화성에 도착한 뒤에 보고 겪은 것들을 찬찬히 들려주었다. 그러다가 당신의 품속에서 까무룩 잠이 들듯 잠에서 깨어났다. 베갯잇이 젖어 있었다.

해가 지고 있었다. 화성의 낮은 너무 뜨겁기 때문에 우리는 지구에서와는 반대로 해가 진 뒤에 활동을 시작한다. 지구에서 보던 것과 같은 것은 태양뿐이다. 그마저도 노을은 다르다. 푸르다. 지구보다 대기의 밀도가 낮아서 저녁 무렵에도 푸른빛이 산란되지 않고 우리 눈에 와닿기 때문이다. 하지만 노을이 붉든 푸르든 태양은 이곳에서도 생명의 원천이 되어줄 것이다.

우리, 그러니까 씨엔과 나는 두 주 전에 화성 궤도에 도착했고, 거기서 이틀을 머문 뒤에 착륙선을 타고 화성 지표로 내려왔다. 장비와 시설과 식량을 실은 우주선들이 앞서 몇 차례 다녀갔기 때문에 정작 우리가 싣고 온 짐은 단출했다. 최소한의 식량과 의약품, 각자의 캐리어 몇 개뿐이었다. 인공지능 로봇들이 3년 전부터 기지 건설을 시작했고, 우리가 도착했을 때는 모든 시설이 정상적으로 가동되고 있었다.

기지는 거주와 실험을 위한 구역, 정수를 위한 기계 장치가 있는 구역, 그리고 온실 형태의 경작 구역으로 나뉘어 있다. 온실을 제외한 구역들은 우주 방사선을 차단하기 위해 화성의 흙인 레골라스로 두껍게 덮여 있다. 덕분에 기지 안에서는 무거운 방사선 차폐복을 입지 않아도 되었다. 그러나 바깥은 사정이 다르다. 대기가 희박한 탓에 낮에는 섭씨 수백 도로 달궈지지만 반대로 밤은 얼음의 나라다. 알다시피 생명의 흔적은 발견되지 않았고 붉은 모래 먼지만 가벼운 바람에 쏠려 다닌다.

경작 실험에 사람이 반드시 필요하지는 않았다. 인공지능 로봇이 모든 작업과 실험을 알아서 수행할 수도 있었다. 우리가 이곳에 온 것은 동물 또는 인간의 생존이 가능한지를 확인하기 위해서이기도 했다. 우리는 실험의 주체이면서 동시에 대상이었다.

기지는 태양계에서 가장 높은 산으로 알려진 올림포스산의 계곡 중 한 곳에 자리 잡았다. 계곡 주변에서는 물이 간헐적으로 지표 위를 흐르다 땅속으로 사라지곤 한다. 화성의 물은 대개 지표 아래에 얼음 상태로 존재하지만 예상보다 많은 물이 지표 위를 흐르고 있다. 식물에게든 동물에게든 물은 태양만큼이나 중요한 생명의 원료다. 물론 화성의 물은 그대로 식물에게 주거나 사람이 마실 수 없는 상태이기에 복잡한 화학적 처리가 필요하다. 말하자면 지구의 바닷물보다 짜고, 적절한 표현은 아닐 수 있지만 더러운 물이다.

이번 외출은 통신장비를 살펴보기 위한 것이었다. 어제 오후부터 지구의 본부와 통신이 끊어졌다. 기지의 메인 컴퓨터도 원인을 찾아내지 못했고 기지 외부의 통신장비를 점검하고 온 로봇들도 모든 장비가 정상이라는 결과를 보고했다.

방사선 차폐를 위해 초기의 우주비행사들이 입었던 것만큼이나 두껍고 무거운 우주복을 입어야 했다. 얇고 가벼운 최신식 우주복은 아무래도 차폐 능력이 떨어지기 때문에 우리 같은 장기 체류자에게 알맞지 않았다. 그나마 뇌파를 인식해 작동하는 외골격 기능을 갖춘 데다 지구보다 중력이 약한 덕분에 움직일 만은 했지만 평상복에 비할 수는 없었다.

겉보기에는 아무런 손상이 없었다. 운석에 두들겨 맞거나 외계 생명체 따위의 공격을 받은 것은 아니라는 뜻이다. 덮개를 열고 안쪽을 들여다보아도 마찬가지였다. 매뉴얼대로 나와 보기야 했지만 첨단기술로 작동하는 장비의 외관과 내부를 눈으로 한 번 훑는 것 외에는 할 수 있는 일이 없었다.

7호 로봇이 물이 흐르는 곳을 발견했는지 정수 장비로 연결되는 관을 끌고 동쪽으로 빠르게 이동했다. 인공지능을 갖춘 로봇들은 우리 또는 지구에 있는 본부의 지시를 받지 않고도 스스로 장애를 극복하고 기회를 선택하며 과업을 수행할 수 있다. 그 말인즉 로봇들은 우리가 특별한 지시를 내리지 않는 한 우리를 아는 체도 하지 않는다는 뜻이다. 영화에 나오는 친절하고 감성적인 로봇들과는 거리가 있다. 농담도 할 줄 모른다. 물을 탐색하고 끌어오는 역할을 맡고 있는 7호는 팔이 네 개이고 하체에 두 쌍의 무한궤도를 장착하고 있다. 신화에 등장하는 반인반마와 비슷하게 생겼다.

태양이 넘어가고 있는 서쪽 하늘에 지구가 떠 있었다. 지구에서 붉은색으로 빛나는 화성을 쉽게 찾을 수 있는 것처럼 화성에서도 지구를 찾기는 어렵지 않다. 지구는 푸른색으로 빛나는 별이다. 화성에서는 노을도 푸르고 지구도 푸르다.

임무를 완수할 수 있다면, 그러니까 지구로 귀환하는 데 사용할 연료와 식량을 실은 우주선이 세 척 정도 더 도착할 때까지 무사히 살아남아 귀환선을 탈 수 있다면, 그때는 당신에게 연락을 해볼 수 있을지도 모르

모든 것의 이야기

겠다. 아니다, 그러지 말아야 할지도 모르겠다.

당신은 내 선택을 비난하지 않았다. 다만 망설임 없는 이별을 간결하게 통보했다. 나는 울고불고하며 매달렸다. 그러나 화성에서의 삶을 포기할 수도 없었다. 당신은 한 번도 들어본 적 없던 차갑고 낯선 목소리로 내가 지나치게 이기적인 사람이라고 말했다. 그게 마지막이었다.

훈련 기간에는 전화도 인터넷도 사용할 수 없었다. 화성으로 가는 우주선에도 화성에도 그런 것은 없을 것이기 때문이었다. 당신에게 보낸 메시지는 기지를 통해 잘 전달되었을 테지만 당신은 한 번도 회신하지 않았다. 비행과 체류 훈련을 모두 마치고 가상의 화성과 가상의 우주선에서 빠져나온 뒤에야 당신이 결혼했다는 사실을 알았다. 이미 아이도 하나 있었다.

그래도 나는 당신과 단 하루만 함께 있을 수 있다면 화성 이후의 삶 전체와도 바꿀 수 있다고 생각한다. 고전 영화 〈AI〉의 로봇 데이빗이 미래인들의 도움을 받아 단 하루 동안 엄마를 다시 만났던 것처럼이라도 말이다. 당신은 내가 이토록 오래, 그리고 간절히 당신을 그리워하고 있다는 것을 알까.

기지로 복귀해 우주복에서 벗어나자마자 상황실로

향한다. 씨엔이 매뉴얼에 따른 다음 조치를 취하고 있다. 다른 나라의 통신 채널을 통해 그 나라의 본부와 교신을 시도하는 것이다. 씨엔은 미국과 러시아에 메시지를 전송했다고 한다. 화성과 지구의 거리 때문에 답신이 오기까지 최소한 몇십 분을 기다려야 한다.

씨엔은 우주비행사이면서 공학자이고 기술자다. 내가 식물학자이면서 농학자이고 농부인 것처럼 말이다. 물론 둘 중 한 명이 죽거나 부상을 입는 경우를 대비해 우리는 상대방의 분야에 대해서도 일정한 역할을 수행할 수 있을 만큼 훈련을 받았다. 어지간한 진단과 처방, 수술까지 할 수 있는 의학 교육도 받았다.

씨엔은 거의 모든 점에서 나와 달랐다. 나는 예술과 문학을 사랑하지만 씨엔은 역사와 철학에 몰두했다. 나는 그리운 사람이 있지만 씨엔은 지구에 그리운 사람이 한 명도 없다고 했다. 나는 40대 중반의 중년 여성이고 씨엔은 30대 중반의 젊은 남성이다. 우리는 훈련 중에도 비행 중에도 대화를 많이 하지 않았다.

단 하나의 공통점은 데이빗 보위의 〈Life on Mars〉를 즐겨 듣는다는 것이다. 이건 우리가 정말로 화성에 살고 있으므로 별수 없는 일이다.

우리는 불필요한 성욕을 억제하는 약을 먹고 있었

모든 것의 이야기

지만 성관계 자체가 금지되어 있지는 않았다. 하지만 서로에게 성적 매력을 느끼지는 못했던 것 같다. 한쪽의 몸이나 마음이 아플 때 돌보다가 함께 잠든 적도 있었지만 관계를 갖기는커녕 긴장감조차 들지 않았다. 나이 차이 때문이었을까, 아니면 성격이 너무 달라서였을까.

여섯 시간 만에야 러시아에서 보낸 음성 파일이 도착한다. 메인 컴퓨터가 러시아어를 중국어로 통역한다. 나와 씨엔은 각자의 자리에 앉아 집중한다. 노년의 남자가 낮고 차분한 목소리로, 당연하게도 러시아 정부의 검토를 거쳤을 전문을 낭독한다.

우선 인류의 새로운 걸음을 용감히 내딛고 있는 화성의 동지들에게 깊은 존경의 인사를 전합니다. 또한 매우 슬픈 소식도 함께 전합니다. 지난 2043년 7월 4일 귀국과 미국 간에 전면전이 벌어졌습니다. 귀국은 대만과 한국과 일본을 동시에 공격했고, 미국은 그에 대한 보복으로 귀국의 주요 군사기지에 광범위한 핵폭격을 가했습니다. 폭격의 대상에는 귀국의 우주본부도 포함되어 있었습니다. 그러므로 귀국의 우주본부는 현재 기능을 상실한 상태입니다. 귀국의 인공위성들도 모두 격추되었거나 격추되고 있습니다. 귀하들께서 귀국의 우주본부와 통신할 수 없는 것은 그러한 상황 때문입니다.

귀하들의 위대한 도전과 헌신에 다시 한번 경의를 표하며 러시아 정부는 귀하들을 지원하기 위해 최선의 인도적 노력을 다할 것을 약속합니다. 지구에 있는 우리는 밤하늘의 화성을 올려다볼 때마다 거기서 분투하고 있는 귀하들을 떠올립니다. 귀하들의 무사와 안녕을 진심으로 기원합니다. 러시아 정부를 대표해, 러시아 우주본부 의장 블라디미르 미소프가 드립니다.

우리는 망연자실한다. 믿기지 않고 현실감이 들지 않는다. 오래도록 아무 말도 하지 않는다. 진짜라면 나는 당신의 안위가 걱정된다. 부디 무사하기를, 존재를 믿지 않는 신에게라도 기도하고 싶다.

미국은 군사 공격으로 답신을 대신한다. 메인 컴퓨터는 화성의 궤도를 돌며 지구와의 통신을 연결하는 우리 인공위성이 미국의 구형 인공위성과 충돌한 뒤에 추락하고 있다고 보고한다. 러시아가 보낸 전문의 내용은 거짓이 아니었다.

인공위성이 사라졌으니 지구와 통신할 방법도 사라졌다. 물론 통신이 재개된들 아무도 우리를 구하러 올 수는 없을 것이다. 그들이야말로 누군가의 도움을 받아야 할 처지에 놓여 있을 테니까.

우리는 사흘 동안 각자의 방에 틀어박혀 아무 일

모든 것의 이야기

도 하지 않는다. 〈Life on Mars〉도 듣지 않는다. 메인 컴퓨터도 우리의 기분을 아는지 말 한마디 걸지 않는다. 기지 안팎에서 작동하는 열 기의 로봇들만이 묵묵히 각자의 임무를 수행하고 있다.

메인 컴퓨터가 긴 침묵을 깨고 모래폭풍이 불기 시작했다는 보고를 전한다. 평소보다 훨씬 강하고 짙은 폭풍이라고 한다. 인공위성이 사라졌기 때문에 예측할 수 없던 일이다. 화성은 기압이 지구보다 훨씬 낮아서 폭풍 자체로 기지가 손상을 입을 걱정은 없다. 다만 햇볕을 에너지원으로 삼고 있는 온실 쪽은 사정이 다르다. 폭풍이 태양을 완전히 가린다면 비상시에 사용하도록 되어 있는 인공태양을 작동시켜야 한다.

씨엔의 방문 앞에 서서 함께 가기를 청하지만 씨엔은 대답하지도 문을 열어주지도 않는다.

메인 컴퓨터를 통해 대기 상태를 한 번 더 확인하고 인공태양을 작동시킬 것을 지시한 다음, 실내용 방사선 차폐복으로 갈아입고 온실로 향한다. 온실의 유리 천장으로 내다보이는 하늘은 낮인데도 컴컴하다. 정확히는 누르스름하고 어두침침하다. 그럴 리는 없겠지만 거센 모래바람이 당장이라도 강화유리로 된 천장을 뚫고 쏟아져 들어올 것 같다.

인공태양이 서서히 밝아지기 시작한다. 나는 여러 작물의 씨앗을 심어둔 화성의 흙 위를 천천히 걷는다. 감자와 옥수수, 밀과 쌀, 그리고 몇 가지 채소의 씨앗들이 차례로 내게 인사를 건넨다. 그것들이 심어진 자리를 눈으로 하나씩 어루만지며 전쟁과 우리가 처한 상황에 대해 말해준다. 씨앗들은 대답이 없다.

지금 가지고 있는 핵연료로 1년쯤은 버틸 수 있다. 메인 컴퓨터를 끄고 전력 소비를 최소화하면 몇 달 더 시간을 벌 수 있을 것이다. 하지만 그사이에 보급이 재개되거나 구조대가 오기를 기대하기는 어렵다. 몇 년 전 미국의 달 기지에서 사고가 났을 때와는 크게 다르다. 화성은 달이 아니다.

700~800제곱미터쯤 되는 온실 한가운데 있는, 이 기지에서 유일하게 실용성을 고려하지 않고 지어진 정자에 앉아서 상체를 뒤로 젖히고 눕는다. 당신의 얼굴이 떠오른다. 당신이 그렇게 반대하던 일을 하다가 결국 이렇게 되었나 봐요. 당신에게 혼잣말을 한다. 당신도 여기 소식을 들었을까. 나에 대해 궁금해하기는 할까.

인공태양이 정상적으로 작동하는 것을 확인하고 숙소로 돌아온다. 씨엔의 방문을 다시 두드린다. 씨엔, 할 이야기가 있어. 나는 기다린다. 한 번 더 두드리려 손

모든 것의 이야기

을 들려는 참에 소리 없이 방문이 열린다. 씨엔은 머리가 잔뜩 헝클어져 있고 수염이 덥수룩하다.

모래폭풍이 심해서 인공태양을 작동시켰어.

씨엔의 눈은 퀭하고 초점을 잃었다. 내가 하는 말을 이해하지 못하는 것 같다.

계속해야 해. 우리에겐 다른 선택지가 없어.

씨엔은 대답이 없다.

우리는 한참을 마주 보고 서 있다. 내가 너를 끌어안는다. 너는 울음을 터뜨린다. 꺼억꺼억 소리를 내며 운다. 나는 네 뒷머리를 쓰다듬다가 얼굴을 들어 입을 맞춘다. 눈물에 적셔진 입술이 달콤하지 않고 짜다.

네가 내 손목을 끌고 방 안으로 들어간다. 가슴이 단단해지고 아랫배가 간지럽다. 당신과 헤어진 뒤로 처음 느끼는 기분이다. 며칠째 성욕 억제제를 먹지 않았다는 사실을 깨닫는다. 너와 끝없이 혀를 섞으면서 날을 헤아려보니 가임기다. 아이를 갖고 싶다. 식물들이 그러하기를 바라듯. 물론 여기서는 불가능하겠지만.

밤이 되자 모래폭풍이 잦아들고 거짓말처럼 날이 갠다. 나는 너와 함께 온실로 향한다. 투명한 천장 위에 가득 찬 별들이 와르르 쏟아질 듯 빛나고 있다. 은하수는 우주망원경으로 촬영한 사진보다 훨씬 더 선명하다.

푸른 별 하나가 유독 밝게 반짝인다.

더 나아가야 해.

내가 말한다.

나는 생각이 달라. 그럴 이유가 있을지 모르겠어. 아무도 우리를 구하러 올 수 없어.

너는 심호흡을 하고서 말을 잇는다.

실험을 그만두더라도 우리 잘못은 아니야. 할 만큼 했어. 지금은 우리 자신을 지켜야 할 때야. 식량도 물도 핵연료도 최대한 아껴야 해. 인공태양 같은 건 다시 작동시켜서는 안 돼. 로봇들도 당장 멈춰 세워야 하고.

그건 안 돼. 여기서 멈추면 우린 아무것도 아니게 돼.

우리는 이미 성취를 거뒀어. 러시아는 인공위성과 유인 우주선을 가장 먼저 쏘아 올렸고, 미국은 달에 사람을 보냈지. 우리는 화성에 왔어. 그럼 된 거야. 경작 실험은 어차피 성공할 수 없어. 모든 게 부족해. 너도 알잖아.

반박할 수 없다. 하지만 나는 포기할 수 없다. 당신을 잃으면서까지 선택한 길이다.

이왕 돌아갈 수 없다면 갈 수 있는 데까지 가봐야지. 나는 계속할 거야.

그렇게 놔두지 않을 거야. 기억하겠지만 안전에 관

모든 것의 이야기

한 통제권은 내게 있어.

실험에 관한 권한은 내게 있어.

우리는 대립한다. 그러나 곧 둘 다 풀이 죽는다. 실험도 생존도 성공할 확률이 희박하다는 것을 우리는 잘 알고 있다. 식물들은 번식하지 못할 것이고, 우리는 살아남지 못할 것이다.

칼 세이건이 《창백한 푸른 점》에서 한 이야기는 틀리지 않았지만, 세이건은 우리처럼 먼 우주에 나와서 푸른 별을 직접 보지는 못했어. 보이저 우주선이 우리처럼 의식이 있었다면 지구와 끝없이 멀어지는, 지구로 다시는 돌아갈 수 없는 여행을 정신적으로 감당할 수 없었을 거야.

네가 말한다.

화성의 밤하늘은 아름답다. 지구에서 보는 것보다 수백 배는 더 아름답다. 그리고 지구에서 보는 것보다 수천 배는 더 먹먹하다. 끝없이 펼쳐진 거의 텅 빈 공간—우주—의 풍경이 한없이 막막하다. 당신이 이 풍경을 볼 수 있다면, 당신과 함께 이 풍경을 볼 수 있다면.

지금 지구와의 거리는 대략 3억 킬로미터. 걸어서 갈 수 있다면 하루 30킬로미터를 걷는다고 가정할 때 2만 7천 년이 걸린다. 빛의 속도로는 고작 16분. 빛은 빨라서 좋겠다고 생각한다.

어릴 적 빛의 속도가 왜 우주에서 가장 빠른지, 그리고 빛의 속도와 중력장의 속도는 왜 서로 같은지 궁금해하던 것이 떠오른다. 너는 답을 알고 있을까. 나는 물리학자가 아니라 식물학자가 되었으므로, 어른이 된 뒤로 빛은 내게 오로지 생명을 있게 하는 에너지의 근원으로서 의미를 지녔다.

그만하고 싶어. 지쳤어.

네가 말한다. 그럴 만도 하다. 훈련이 시작된 뒤로 3년 가까운 시간이 지났다.

끝났어. 이제 다 의미 없는 일이야.

네가 내뱉는 단어 하나하나가 내 가슴을 후벼 판다.

너는 바깥에 나가보고 싶다고 한다. 나도 같은 마음이지만 매뉴얼상 돌발 상황에 대비해 둘 중 한 명은 반드시 기지에 남아 있어야 한다.

나는 문득 네가 돌아오지 않을 것만 같은 기분이 든다.

돌아와야 해. 우린 더 나아갈 거야.

너는 아무 말 없이 내게 입을 맞춘다.

네가 우주복 속으로 들어간다. 메인 컴퓨터에게 문을 열라고 지시한다. 모래폭풍이 가라앉은 화성의 밤

모든 것의 이야기

풍경은 기지 안에서 보는 것과는 또 다를 것이다. 지구
도 더 선명하고 푸를 것이다.

　네가 문을 열고 나아간다.

‡ 마석 어쭈구리, 1999년

나는 문을 열고 들어선다.

　어쭈구리는 빈자리가 없을 만큼 사람으로 붐빈다.
한 번 가로지르는 데 고작 10여 분이 걸릴 뿐인 마석 시
내를 서너 번 왕복했다. 술을 마시고 싶은데 술집에 들
어가기가 쉽지 않았다. 그러다 고른 곳이 간판에 '안주
세 개 만 원'이라고 적힌 어쭈구리라는 이름의 대중 주
점이었다. 2층의 주점으로 올라가는 입구에 서 있는 입
간판에는 탕수육, 감자튀김, 떡볶이, 어묵탕, 오징어구
이까지 서른 개가 넘는 안주의 이름이 빼곡하게 적혀 있
었다. 주머니 사정에도 맞고 사람이 많을 테니 혼자라
도 덜 어색할 것 같았다.

　외국인이 대부분이다. 마석에 가구단지가 들어섰다
는 기사를 읽은 적이 있는데, 아마도 거기서 일하는 노
동자들인 듯하다. 동남아시아 출신으로 보인다. 베트
남, 필리핀, 인도네시아, 방글라데시 같은 나라에서 온

사람들. 주말인 데다 연말이라 그런지, 심지어 1999년의 세기말이라서 그런지 테이블이 거의 만석이다. 나는 단체석 옆에 붙은 하나 남은 빈자리를 발견하고 거기로 가서 앉는다. 단체석에는 동남아시아 사람들 10여 명이 둘러앉아 생맥주를 마시고 있다.

호출 벨을 누르고 2천 원짜리 생맥주 한 잔과 4천 원짜리 감자튀김을 시킨다. 휴가를 나왔다고 받은 용돈을 거의 쓰지 않아서 한잔할 여유 정도는 있다. 내일이면 부대로 복귀해야 한다. 그리고 10개월이 더 지나면 제대다. 1년하고도 넉 달을 지나왔다. 2년 2개월의 복무. 새 노트를 시작할 때마다 맨 뒷장에 세로로 길게 줄을 긋고 맨 위에 입대일을, 맨 아래에 제대일을 적은 다음 그사이 어디쯤에 현재 시점을 가로로 진하게 표시했다. 절반을 훌쩍 넘겼다.

테이블과 테이블 사이에는 엑스 자 모양의 나무 칸막이가 있을 뿐이어서 사실상 뚫려 있는 것과 마찬가지다. 옆 테이블의 사람들은 내가 알아듣지 못하는 자신들의 말로 시끌벅적하게 이야기를 나눈다. 오랜만에 만나 회포를 푸는 친구들 같다.

술과 안주가 나오고 생맥주를 홀짝인다. 술이 들어가니 마음이 좀 나아진다. 가슴속이 꽁꽁 언 듯 춥고

모든 것의 이야기

무서웠다. 온몸이 덜덜 떨렸다. 무섭디무서운데 무서운 대상을 찾을 수 없었다. 원인을 알 수 없는 생리적인 반응이었다. 술을 마시면 잦아들지만 대신 눈물이 난다. 이것도 원인을 알 수 없다.

종이와 펜을 꺼낸다. 뭐라도 적고 싶지만 적을 것이 없다. 일기는 맨날 똑같고 편지도 더는 쓸 곳이 남지 않았다. 의정부의 306보충대에서 입대 첫날 밤을 보낼 때, 8사단 훈련소에서 6주의 기초 군사훈련을 받을 때, 11월의 첫 야전훈련을 나가서 새벽 경계근무를 설 때, 그때까지만 해도 그곳에 오기를 잘했다고 생각했다. 바깥에서는 결코 볼 수 없는 세계의 지하실을 목격하고 있다고 생각했고, 이 세계가 왜 이렇게 굴러가고 있는지에 대한 수수께끼를 풀 실마리를 발견한 것 같았다.

모조리 기록하기로 했다. 이해하기 위해, 그리고 고발하기 위해. 깨알 글씨로 두어 달에 한 권씩 노트를 채웠고, 휴가나 외박을 나올 때마다 옷 속에 숨겨서 집으로 옮겼다.

그런 생각이 얼마나 오만하기 그지없는 것인지를 깨닫는 데는 오랜 시간이 걸리지 않았다. 일상적인 구타와 욕설, 고문이나 다를 바 없는 가혹행위, 부족한 수면과 부실한 식사, 끔찍한 위생, 겨울의 혹한과 여름의 무

43

더위, 황당해서 웃음도 안 나오는 정신교육 같은 것들은 모두 견딜 만했다. 아니 그것들은 익히 예상했던 일인 데다 오히려 내 기록의 훌륭한 재료가 되어주었다.

후임을 구타했다는 이유로 헌병대 영창으로 끌려가는 병사들을 연병장에 세워두고 자신의 구타 금지 지시를 거역했다고 노발대발하며 군홧발로 피투성이가 되도록 짓밟는 대대장, 병사들의 체육대회용으로 나온 음료수와 과자를 빼돌리는 인사과장, 병사들의 치료용으로 나온 항생제 중에 값나가는 것들만 골라 어딘가에 팔아먹는 의무관, 병사들을 동원해 부대 뒷산의 계곡에다 수영장과 연회장을 만들고 주말마다 지인들을 초대해 병사들의 시중을 받으며 밤새도록 파티를 벌이는 연대장, 안전장비 하나 없이 그 수영장을 짓다가 추락해 무릎이 부러진 병사의 모습도 충격적이긴 했지만 견딜 수 있었다.

그러나 어느 무렵 내가 연극의 관객이 아니라 무대 위의 배우라는 사실을 깨닫게 된 뒤로는 사정이 달라졌다. 나는 아무것도 더 기록하지 못했다. 나 역시 범죄자였기에 다른 누구를 고발한다는 것이 부조리하게 느껴진 것이다.

혼자 처량하게 술을 마시는 것이 안쓰러워 보였는

모든 것의 이야기

지 단체석의 맨 끝자리에, 그러니까 엑스 자 모양 칸막이 너머 바로 옆자리에 앉은 남자가 나를 보며 말을 붙인다. 안, 녕, 하세요. 나는 미소로 응답한다. 뭐, 해요? 그냥 술 마셔요. 단체석 일행의 눈길이 모두 내게로 향한다. 일행 중 누군가 혼자서 청승 떨지 말고 이리로 넘어오라고 한다. 청승 떤다는 말을 쓸 만큼 한국말을 잘하는 사람이다. 한국에 온 지 오래된 모양이다. 나는 고맙지만 사양하겠다고 한다. 일행은 다시 자기들끼리의 대화에 몰두한다. 한 마디도 알아들을 수 없다.

옆자리의 남자가 다시 말을 붙인다. 뭐, 써요? 일기 써요. 이르기? 다이어리. 다이어리? 대화를 이어가기가 쉽지 않다. 남자가 지갑을 꺼내 펼쳐서 넘겨준다. 지갑 안에는 가족사진이 들어 있다. 그가 아내와 아들과 딸과 함께 환하게 웃고 있다. 그가 자기네 말로 뭐라고 설명한다. 내가 여자를 손으로 짚으며 '아내', 아들을 짚으며 '아들', 딸을 짚으며 '딸'이라고 일러준다. 나, 돈 많이, 벌어야 해요. 그가 더듬거리는 한국말로 말한다.

우리는 그가 아는 몇십 단어의 한국어와 역시 몇십 단어의 영어로 대화를 이어간다. 하산이라는 이름의 남자는 방글라데시에서 왔고 한국에 온 지 두 달이 되었다. 고향 친구들의 모임이다. 그는 마석의 가구 공장에서 일하는데 전국에 흩어져 있는 친구들이 한 달에 한 번씩 마석에서 모인다고 한다.

　일하는 거 힘들지 않아요? 내가 묻는다. 안, 힘들어요. 욕, 때리는 거, 힘들어요. 남자는 울상인 눈빛으로 웃는다. 준호도 그랬을 거다.

　중대 서무계 준호는 말투도 행동도 굼뜨고 어설펐다. 실수도 잦았다. 외모도 어딘가 모르게 모자라 보였다. 내무반에서 욕을 먹거나 두들겨 맞는 것이 일상이었고, 그럴 때마다 모두 코미디 프로그램을 보듯 웃음보를 터뜨릴 뿐 아무도 준호 편을 들어주지 않았다. 준호의 동기들도 준호를 싫어했다. 이현태 일병님, 준호 때문에 동기인 저희까지 욕을 먹지 않습니까? 그 새끼 때문에 짜증 나 죽겠습니다. 전투화를 닦으러 나간 막사 현관 앞에서 준호에 대해 묻자 그의 동기가 대답했다.

　단체석에 한국 사람이 등장한다. 정확히는 방글라데시 남자와 한국 여자가 함께 등장했고 다들 반갑게 맞는다. 남자는 이들의 큰형님뻘쯤 되는 것 같다. 여자는 30대 중반으로 보인다. 그들은 단체석의 중앙에 자리를 잡고 앉아서 먼저 와 있던 사람들과 인사를 나눈다. 나와 칸막이 너머로 말을 섞던 남자도 그들과 이야기를 나누기에 바쁘다. 조금 섭섭하기는 했지만 이제야

　　　　　　　　　모든 것의 이야기

생각을 하든 글을 쓰든 혼자만의 시간을 가질 수 있겠다고 생각한다.

그때 여자가 나를 보고 소리친다. 어이 거기 학생, 이리 와서 합석해! 남자가 찌질하게 혼자서 술을 마시고 있어! 나는 여자 쪽을 바라본다. 여자가 어서 오라고 손짓을 한다. 단호해서 도저히 거절할 수 없는 손짓이다. 결국 그들 일행과 합석한다. 여자가 만들어준 옆자리에 끼어 앉는다.

집을 묻는 질문에 서울이라고 하니 마석에는 어쩐 일로 왔냐고 묻는다. 모란공원 묘지에 아는 분이 계셔서 왔는데 도착이 너무 늦어서 여관에 묵고 내일 아침에 올라갈 생각이라고 말한다. 군인이고 휴가를 나왔다니까 내가 먹은 술값은 자기들이 내준다고 한다. 자기 동생도 군대 가서 고생을 많이 해서 남 같지가 않다고 한다.

남편은 인쇄물을 코팅하는 공장에서 만났다. 한국말도 서툴렀고 원래 교사 일을 했던 그는 노동에도 굼떴기 때문에 맨날 얻어맞고 욕도 많이 먹었는데, 그걸 보고 있기가 어려워서 자기가 두어 번 나서서 대거리를 해주었고, 남편은 그게 고마워서 선물 같은 걸 사다주었고, 그러다가 얼결에 사귀게 되었단다. 지금은 둘이 함께 동대문에서 작은 장신구 가게를 열고 있다.

여자는 가무잡잡하고 넙데데한 얼굴에 어깨가 딱 벌어진 것이 대장부 상이다. 나와 말을 주고받으면서도 어깨와 뒤통수를 몇 번 쳤는지 모른다. 기분이 나쁘지는 않다. 큰누나나 이모 같다. 여자는 내게 여자친구가 있는지 묻고, 없다고 하자 병신같이, 라고 욕을 하더니 소개팅을 시켜준다며 전화번호를 내놓으라고 한다. 나도 냅킨에다 여자의 번호를 받아 적는다.

운전을 해야 해서 술을 입에 대지 않는 여자를 빼고서 술잔은 계속 부딪히고 이야기는 무르익는다. 나는 여자와 주로 대화를 나누다 주변의 방글라데시 사람들과도 간간이 말을 섞는다. 한국에서 체류한 기간에 따라 한국말 실력이 천차만별이다.

준호는 10개월 선임인 나를 잘 따랐다. 중대나 내무반에서 그를 무시하거나 때리지 않는 유일한 선임이었기 때문일 것이다. 가끔 PX에 데려가서 전자레인지에 만두도 돌려주고 콜라도 사주었다. 특별한 이유는 없었다. 준호가 부당한 대우를 받고 있다고 생각했고, 조금이나마 위로해주고 싶었을 뿐이다.

하지만 상병이 되고 '식기 당번'이라고 불리는 군기 담당이 되자 사정이 달라졌다. 준호는 여전히 사고뭉치였고, 고참들은 내게 그런 준호를 '잡을' 것을 명령했다.

48   모든 것의 이야기

나는 최소한 다른 사람들 앞에서는 준호에게 엄격히 대해야 했다. 준호도 내가 소리를 지르면 뭐라도 열심히 하려는 태도를 보였다. 결과는 썩 좋지 않았지만 말이다.

그러던 어느 날 준호가 큰 사고를 쳤다. 아니 큰 사고를 당했다는 편이 정확한 표현일 것이다. 준호가 새벽에 위병소 초병 근무를 나갔는데 앞 순번이던 다른 내무반 말년병장이 준호의 총을 빼앗아서 막사까지 가지고 올라가버렸다. 준호는 총을 돌려달라고 애원했지만 장난기가 발동한 말년병장은 끝내 돌려주지 않았다. 준호는 말년병장을 쫓아가느라 위병소를 이탈했고, 마침 술에 취한 대대장이 위병소를 지나다가 초병이 한 명뿐인 것을 발견했다.

부대에 비상이 걸렸고, 나는 그날 준호를 두들겨 팼다. 사람을 그렇게 때려본 것은 태어나서 처음이었다. 준호의 잘못이 아니라는 것을 알았지만 그런 바보 같은 행동을 한 것을 도저히 참을 수 없었다. 내 안의 어떤 알 수 없는 힘이 계속 준호를 때리게 했다. 바보 같은 새끼, 병신 같은 새끼라고 욕을 퍼부었다. 이성을 잃은 상태였다. 며칠 뒤 준호와 말년병장은 나란히 영창에 갔다.

주점의 화장실 부근에서 심상치 않은 말다툼 소리가 들려온다. 일행 중 한 명이 방금 화장실에 간 터라 테이블 사람들의 시선이 일제히 화장실 쪽을 향한다. 아니나 다를까, 화장실에 간 일행이 다른 사람과 실랑이를 벌이고 있다. 나를 제외한 남자들이 우르르 일어나 화장실 쪽으로 뛰어간다. 나는 여자에게 무슨 일인지를 묻는다. 여자는 입구 쪽에 다른 지역 출신들이 앉아 있었다고 한다. 나도 자리를 박차고 일어서려 하자 여자가 내 팔을 잡으면서 말한다. 한국 사람은 빠져. 저 사람들 사이의 일이야. 나는 뿌리치고 일어선다.

소란의 현장으로 달려간다. 하지만 하산이 나를 발견하더니 뭐라고 소리를 치면서 거세게 밀어낸다. 육군 상병보다 힘이 훨씬 세다. 노동의 힘이다.

말다툼과 밀침으로 시작된 싸움이 점점 격해진다. 주먹이 오가고 누군가 의자를 집어든다. 테이블이 넘어지고 술병과 술잔이 요란한 소리를 내며 바닥에 쏟아진다. 다른 손님들은 처음에는 멀거니 구경만 하다가 사태가 심각해지자 슬금슬금 눈치를 보며 자리를 피할지 망설인다.

술집 사장이 고래고래 고함을 지르며 제지하려 해보지만 역부족이다. 당장 그만두지 않으면 경찰에 신고할 거야! 아마도 주점 안에는 불법체류자도 꽤 있을 것이고, 불법이 아니더라도 형사 처벌을 받으면 한국에서

모든 것의 이야기

계속 일하기 어려울 것이다. 사장이 극단적인 패까지 꺼내보지만 싸움에 몰두한 노동자들에게 그의 목소리는 들리지 않는다.

싸움은 규모가 더 커진다. 10여 명이 뒤엉켜 난투극을 벌인다. 천장에 낮게 매달린 조명이 떨어지고 누군가 피를 흘리며 쓰러진다. 다른 손님들이 일제히 가게 밖으로 몰려나간다. 그 와중에도 사장은 계산을 하고 나가라고 소리친다. 모든 것이 아주 짧은 순간에 벌어진 일이다.

참다못한 사장이 전화 수화기를 집어든다. 그러나 번호를 누르기는 주저한다. 내가 카운터로 달려간다. 수화기를 쥔 사장의 팔을 잡는다. 잠시만요. 제가 말려볼게요. 지금 신고하시면 큰일 나잖아요. 장사 어떻게 하시려고요. 사장을 설득한다. 사장이 체념하며 수화기를 내려놓는다.

싸움의 한복판으로 뛰어든다. 그만두라고 외치며 사람들을 마구 떼어낸다. 나만이 아니다. 어디서 나타났는지 다른 한국인 한 명도 노동자들을 뜯어말린다. 이러면 다들 추방됩니다! 그만하세요! '추방'이라는 단어가 그래도 힘이 있는 것인지, 아니면 이제 싸울 만큼 싸워서 지친 탓인지 양쪽 모두 기세가 누그러진다.

노동의 고단함과 외로움을 털어버리기에 충분할 만큼은 치고받았을 것이다. 싸움의 원인이 무엇이었는지는 모르지만 그건 중요하지 않을 것이다. 정신을 차리고 보니 상황이 말이 아니고 정말 추방될지도 모른다는 생각이 퍼뜩 떠올랐을 것이다. 불안한 기색이 얼굴에 가득하다. 그들의 일자리에 가족과 친지의 생계가 걸려 있을 테니. 한국에 오기 위해 진 빚도 적지 않을 것이다.

내가 앉았던 테이블의 일행 중에 여자의 남편이 사장에게 가서 변상하겠다고 한다. 상대편에서도 누군가 변상을 하겠다고 나선다. 싸움의 당사자들은 쫓겨나듯 주점 계단을 미끄러져 내려간다. 나도 일행을 따라 내려가며 사장에게 고맙다는 인사를 건넨다. 사장도 고맙다고 한다.

여자는 이미 승합차의 운전석에 앉아 있다. 남자들이 뒷문을 열고 올라탄다. 여자의 남편은 조수석에 탄다. 여자는 동대문 쪽으로 간다며 혹시라도 돌아갈 생각이면 태워다 주겠다고 한다. 나는 여관방을 잡아두었다고 대답한다. 여자가 꼭 연락하라고 한 번 더 당부한다. 승합차는 떠나고 나는 뒤에서 손을 흔든다. 오랜 친구와 헤어지는 것 같은 기분이 든다.

시간은 고작 9시 반. 여관에 들어가기는 이른 시각

모든 것의 이야기

이다. 텔레비전 한 대 달랑 놓인 좁은 방에서 할 일도 마땅치 않다. 상점과 식당이 일찌감치 문을 닫아 거리는 한산하다 못해 깜깜하다. 1층 계단 앞에서 담배를 피우고 있는 남자를 발견한다. 함께 싸움을 말리던 청년이다. 또래로 보인다. 내가 다가가 말을 붙인다.

아까 고생하셨어요. 그도 나를 알아본다. 혼자 계신 거예요? 그는 그렇다고 한다. 그럼 저랑 한잔 더 하실래요? 제가 살게요. 그가 담배를 시멘트벽에 비벼 끄며 미소를 짓는다. 우리는 다시 어쭈구리로 올라간다. 맨 구석 자리에 마주 보며 앉는다. 생맥주 두 잔과 5천 원짜리 탕수육을 시킨다.

밝은 조명 아래서 보니 얼굴이 앳되고 눈매가 서글서글하다. 이름은 박정기. 나보다 두 살 적은 스물셋. 마석에서 고등학교까지 나온 마석 토박이고 몇 달 전에 제대해서 지금은 삼촌이 하는 전자제품 매장에서 잠시 일을 돕고 있다고 한다. 내가 포천의 8사단에 있고 상병 휴가를 나왔다고 하자, 오뚜기 부대네요, 행군 많이 하셨겠어요, 라며 자기는 철원의 7사단 백골부대 출신이라고 반가워한다. 행군을 하도 많이 해서 팔다리가 다 닳아 없어져 오뚝이 모양이 된 거라면서요. 우리 부대 마크에 대해 구전되는 우스갯소리를 알고 있다. 그는 자주포 부대에 있었다.

정기도 아까의 일행과 같은 이야기를 묻는다. 왜 마석에 왔는지. 나는 같은 대답을 한다. 그는 가족이거나 가까운 사이였냐고 묻는다. 가족은 아니고 가까운 사이도 아닌데 그냥 생각이 나서 왔어요. 그가 고개를 주억거린다. 그러더니 친한 동네 누나가 있는데 합석을 해도 괜찮겠냐고 묻는다. 나는 그러자고 한다.

이름은 혜미. 동갑인 것을 알자마자 친구라며 말을 놓는다. 너는 대학 다녀서 좋겠다. 혜미는 고등학교를 마치고 마석 시내의 문구점에서 일하고 있다. 마석은 이도 저도 아니야. 도시도 아니고 시골도 아니고, 잘살지도 못살지도 않고, 동네가 크지도 않고 작지도 않아. 딱 나 같아. 똑똑하지도 멍청하지도 않고, 부잣집도 가난한 집도 아니고, 예쁘지도 밉지도 않잖아. 평범함 그 자체.

나는 긍정도 부정도 하지 않는다. 그녀의 말 중에서 다른 것은 모르겠지만 적어도 예쁘고 밉고에 대해서는 얼굴이 하얗고 귀염상이라 예쁜 편이라고 생각한다.

아이 해브 어 드림. 성문종합영어에 나오잖아. 기본 영어였나. 마틴 루서 킹. 그녀가 말한다. 종합이었던 거 같아. 내가 대답한다. 암튼, 나도 꿈이 하나 있어. 뭔데? 플로리스트. 그게 뭐야? 꽃으로 장식하는 일을 하는 직업

이야. 나중에 돈 모아서 꽃집 차리고 플로리스트도 될 거야. 나한테 딱 맞는 직업인 것 같거든. 그때 꼭 놀러 와.

준호의 꿈도 꽃집을 차리는 것이었다. 정신교육 시간에 각자의 장래 희망을 발표하는데 준호는 수줍은 표정으로 꽃집 이야기를 했다. 준호가 웃는 얼굴을 그때 처음 보았다. 그리고 그날 밤 화장실로 끌려가서 이등병이 어디서 쪼개냐고, 더러운 호모 새끼라고 또 두들겨 맞았다. 나는 굳이 말리지 않는 방식으로 폭행을 용인했다. 병장들도 끼어 있었으므로 상병 따위가 말릴 방법이 없기도 했다.

근데 현태 너는 왜 이렇게 축 처지고 어둡냐. 좋은 대학도 다니는 게. 내가 어젯밤에 다 읽은 건데 너 부대 가져가서 읽어. 정말 정말 감명 깊게 읽은 책이야. 혜미가 가방에서 책 한 권을 꺼내 내게 건넨다. 《해리 포터와 마법사의 돌》이다. 표지에 만화풍의 그림이 그려져 있다. 어린아이들이 보는 책 같다. 읽어본 적 없고 읽지도 않겠지만 호의를 거절할 수 없어서 고맙다며 받는다.

어릴 적 꿈은 동화책에 그림을 그리는 삽화가였어. 그래서 동화책이든 만화책이든 그림만 있으면 다 따라 그렸는데…. 지금도 할 수 있잖아? 에이, 그림을 제대로 배웠어야지. 남들은 미술학원이다 미대다 다니는데,

나야 뭐 문구점 직원일 뿐이잖아. 혜미의 얼굴이 잠시 씁쓸한 웃음이다가 또 금세 활짝 밝아지며 정기를 바라본다. 정기야, 너는 꿈이 뭐였냐?

나요? 난…. 정기가 쑥스러운 눈빛으로 나를 슬쩍 돌아본다. 비행기 조종사였어요. 하늘을 날고 싶었거든요. 비행기도 멋지고. 아, 근데 지금은 백수다. 으하하하. 우리는 잔을 부딪친다. 한 잔이 두 잔이 되고 두 잔이 석 잔이 된다.

너는? 혀가 꼬부라진 혜미가 왼손으로 턱을 괸 채 나를 바라보며 묻는다. 주점의 주황색 조명에 비친 얼굴이 더 예뻐 보인다. 평범하게 예쁜 얼굴이다. 글 쓰는 사람이 되고 싶었어. 세상 사람들 이야기를 쓰는 거. 우아, 역시 배운 남자라 다르다. 그녀가 내 쪽으로 몸을 기울이더니 내 뒤통수를 두어 번 쓰다듬는다. 정기는 못 본 척 생맥주를 한 잔씩 더 주문한다.

에라 모르겠다, 오늘은 이 누나가 쏜다. 혜미가 술잔을 들며 건배를 제안한다. 우리의 꿈을 위하여! 이야기는 계속 이어진다. 한때나마 품었던 꿈들에 대한 이야기를 끝없이 쏟아낸다. 선생님, 용접공, 과일 가게 주인, 경찰관, 소방관, 사냥꾼, 가수, 우주인…. 꿈은 일관성도 없이 다종다양하다. 나는 준호의 또 다른 꿈은 무

모든 것의 이야기

엇이었을지 생각해본다. 물어본 적도 없고 이젠 물어볼 수도 없게 되었지만. 그러다 꽃집을 가꾸는 준호의 모습을 떠올려본다.

취기가 오르고 사위가 흔들린다. 졸음이 물밀듯 밀려온다. 나는 잠시만 엎드렸다가 일어나겠다고 하고 테이블에 팔을 올리고 얼굴을 파묻는다. 혜미는 그런 나를 툭툭 치며 일어나라고 한다. 다시 머리를 쓰다듬는다. 나는 그 손길의 느낌이 좋아서 일부러 잠든 척을 한다. 그러다 정말로 깜박 잠이 든다.

목이 너무 말라서 잠에서 깨어난다. 창문으로 어슴푸레 빛이 들고 있다.

기억은 드문드문 까맣게 지워졌다. 혜미의 보챔에 다시 일어나 술을 몇 잔 더 들이부었다. 어느 시점부터 떠들었던 이야기의 대부분이 싹둑 잘려나갔다. 준호의 꿈 이야기를 한 것도 같다. 준호가 대대 창고에서 결국 목을 매달았다는 이야기는 하지 않았을 것이다.

우리는 주점이 문을 닫는 2시가 되어서야 자리에서 일어났고 정기와 혜미가 나를 양쪽에서 부축해 여관까지 바래다주었다. 도중에 몇 번이나 휘청이며 넘어질 뻔했다. 여관은 공동수도가 있는 마당을 가운데 두고 방들이 빙 둘러 있는 구조의 단층 건물이었다. 그들을 보내고 방에 들어서자마자 옷도 벗지 않고 고꾸라졌다.

그런데… 좁은 방의 한쪽 구석에 겉옷이 반듯하게 개어져 있다. 나는 눈을 껌벅거리며 개어진 옷을 바라본다. 어찌 된 영문인지 알 수 없다.

그때 방문이 열리고 혜미가 들어온다. 반투명한 흰색 비닐봉지에 생수와 레토르트 죽이 담겨 있다. 말없이 내 머리맡에 앉더니 머리칼을 찬찬히 쓰다듬는다.

이제 출근할 시간이야. 네가 몸을 일으키며 말한다.

네가 문을 열고 나아간다.

‡ 레닌그라드 내무인민위원회, 1934년

나는 문을 열고 들어선다.

이곳은 무대고 나는 배우다, 라고 생각한다. 겁먹은 티를 내지 않으려고 심호흡을 한다. 무사히 빠져나가려면 최선을 다해야 한다.

사무실 한가운데 책상 하나가 덩그러니 놓여 있다. 책상 양쪽에 의자가 하나씩 있다. 사무실에는 창문이 없고 사방의 벽은 회색 페인트로 칠해져 있다. 콧수염을 기른 평상복 차림의 아시아계 남자가 선 채로 나를 맞는다. 그의 뒤로 벽에 걸린 레닌 동지와 스탈린 동지의 초상화가 보인다.

　나를 데려온 엔카베데 병사는 남자에게 경례를 붙이고 문을 닫고 돌아간다. 남자는 내게 의자에 앉으라는 손짓을 한다. 태도는 정중하지만 눈빛은 얼음장처럼 차갑다. 내가 왼쪽 의자를 뒤로 빼고 앉자 남자도 오른쪽 의자에 마주 보고 앉는다. 책상 위에 내 이름이 적힌 파일이 접혀 있다. 남자는 파일을 펼치지 않은 채 오른손 검지로 표지를 몇 번 두드린다. 남자는 한참 동안 아무 말도 하지 않는다. 나는 남자의 오른손만 바라보고 있다.

　남자가 소개도 없이 갑자기 말문을 연다.

　남자: 크라사타, 당신의 그림을 아주 좋아했습니다. 오래전 일이긴 합니다만.

　나: 어디 소속의 누구신가요? 왜 나를 데려온 거죠?

　남자: 제가 누구인지는 중요하지 않습니다만, 예술 분야 혁명 사업을 담당하고 있는 씨엔이라고 합니다.

　남자는 다시 말이 없어진다. 시간이 궁금하지만 시계를 포함한 소지품은 모두 빼앗겼고 벽시계도 걸려 있지 않다. 딸 스베틀라나에게 모임이 있어 늦는다고 말해두었지만 지금쯤은 걱정하고 있을 것이다.

　소비에트예술가협회의 회합을 마치고 집으로 돌아

가는 길이었다. 밤 9시쯤이었을 거다. 택시에서 내렸을 때 집 앞에 수상쩍어 보이는 남자 둘이 서 있었다. 그들은 내게로 다가와 엔카베데라며 조사할 것이 있으니 자신들과 함께 가야 한다고 했다. 나는 딸에게 말을 하고 나오겠다고 했지만 이미 양팔이 꼭 붙들려 있었다. 소리를 지를까 생각도 해보았지만 정말 엔카베데라면 무용한 일이었다. 그들은 나를 차에 태우고 눈을 가렸다.

11시쯤, 어쩌면 자정이 넘었을지도 모른다.

남자가 한참 만에 다시 입을 연다.

씨엔: 당신은 제국주의의 첩자이자 트로츠키주의자라는 혐의로 고발되셨습니다.

나는 순간 얼어붙는다. 한편으로는 올 것이 왔다는 생각도 들었다. 근래 많은 예술가들이 체포되고 있다는 소문을 들었기 때문이다. 하지만….

나: 말도 안 돼요. 뭔가 착오가 있었겠죠. 나는 소비에트예술가협회 회원이고 스탈린 동지에게 훈장까지 받은 예술가입니다. 제국주의고 트로츠키주의고 나와는 아무런 상관이 없어요.

씨엔은 내 말에 대답하지 않는다. 무슨 생각을 하는지 고개를 살짝 저을 뿐이다. 한기가 밀려온다. 팔과 목에 소름이 돋는다.

씨엔: 석 달 전에 프랑스에 다녀왔지요?

나: 네, 국제사회주의예술가대회에 다녀왔어요. 당의 허가를 받고 간 겁니다.

씨엔: 프랑스에서의 일정을 시간 순서대로 말해주시겠습니까?

나는 질문의 의도를 이해하기 어렵다. 내가 정말 간첩질을 했다고 믿는 걸까?

나: 열흘의 일정이었습니다. 그걸 다 기억할 수 없어요. 그리고 정치국원이 함께 다녔으니 그쪽을 통하면 모두 확인할 수 있을 거예요.

씨엔이 파일을 살짝 들어 올리더니 표지를 펼친다. 기울어진 각도 때문에 그 안에 무엇이 적혀 있는지는 보이지 않는다.

씨엔: 정말 항상 정치국원과 함께 다녔나요?

가슴이 철렁 내려앉는다. 남자는 알고 있는 것일까? 어떻게? 아무도 모르게 나갔고 아무에게도 말하지 않았는데.

나는 답을 하지 못한다. 남자가 알고 있다면 거짓말을 하는 것은 더 나쁜 결과를 가져올 것이다. 그러나 알 리가 없다고 생각한다.

혹시라도 프랑스 쪽에서 이야기가 전해졌다면? 이

제야 거기까지 생각이 미친다. 씨엔은 내 얼굴을 똑바로 바라본다. 어서 대답하라는 뜻이다. 말할 용기가 나지 않는다. 앞으로 어떤 일을 겪게 될지 너무 두렵다.

씨엔은 내 얼굴에서 모든 걸 읽었다는 듯한 표정을 짓더니 파일을 보며 다시 질문을 던진다.

씨엔: 7월 23일 22시경에 혼자서 호텔을 나갔지요?

나는 고개를 끄덕인다. 별수 없다.

씨엔: 누구를 만났나요?

나는 대답하지 못한다.

씨엔: 솔직하게 말하는 것이 서로에게 좋습니다. 이미 다 알고 있으니까요.

나: 전남편을 만났어요.

씨엔: 그 전남편이 세르게이 니콜라이비치가 맞지요?

나: 네.

나는 고개를 떨군다. 세르게이는 2년 전 프랑스로 망명했고 당에서 공식적으로 반혁명분자로 규정되었다. 세르게이는 나에게조차 망명 이야기를 전혀 하지 않았다. 엄청난 배신감이 들었다. 치를 떨며 이혼 절차를 밟았다. 그런데 그날 저녁 호텔 보이가 쪽지를 가져왔고, 나는 그의 답을 듣지 않을 수 없었다. 들어야 했다. 왜 그랬는지. 왜 그렇게 쉽게 우리를 버렸는지.

모든 것의 이야기

씨엔은 더 묻지 않는다. 만났으면 됐고, 끝이고, 세르게이와 내가 무슨 이야기를 나누었는지는 중요하지 않다고 생각하는 것 같다. 나는 무력감을 느낀다. 어찌 되었든 해명을 해야 한다.

나: 왜 우리를, 나와 딸을 버렸는지 알아야 했어요. 그걸 듣지 않고는 살아갈 수가 없었어요.

씨엔은 잠자코 듣고만 있다. 나는 더욱 조바심이 난다.

나: 나는 혁명을, 소비에트를 배신한 적이 단 한 번도 없습니다. 세르게이는 아이 소식을 듣고 싶어 했지만, 나는 더러운 배신자라고 뺨을 갈겨줬어요. 진실로 그게 전부였어요.

씨엔이 측은함과 경멸감이 섞인 듯한 목소리로 말한다.

씨엔: 크라사타, 당신의 말이 진실일 수도 있고 거짓일 수도 있을 겁니다. 당신은 배신했든 하지 않았든 똑같은 말을 할 테니까요. 그러니 나는 당신의 진심을 알 방법이 없고, 당신의 행동을 기준으로 판단할 수밖에 없습니다. 그런데 당신은 세르게이를 만난 사실을 숨겼어요. 정치국원에게 보고하지 않았고, 귀국 보고서에도 누락했습니다. 자, 당신이

63

나라면 당신의 말을 믿을 수 있겠나요?

나: 그건… 쓸데없는 의심을 살까 봐서였어요. 하지만 나는 스탈린 동지가 보증하는 사람입니다. 나는 사상적으로 흔들린 적이 결단코 없습니다. 내가 곧 혁명이고 소비에트라고 생각하면서 예술 활동을 해 왔어요. 혁명은 내 예술 자체고 내 목숨과도 같아요. 그런 내가 혁명을 배신하다니요.

씨엔: 스탈린 동지는 더는 당신을 보증하지 않아요. 아무도 당신을 보증하지 않습니다. 당신이 자초한 일이에요. 그리고 제가 보기에 당신의 가장 큰 문제는…, 지금 당신이 말한 것처럼 당신 자신이 혁명이라고 생각하는 데 있습니다. 혁명은 당이 이끕니다. 우리는 그 당의 일원으로서 복무할 뿐이에요. 그런 당신의 오만함이 당신을 여기까지 데려왔다고 나는 생각합니다.

씨엔은 파일에서 종이 한 장을 꺼내 책상 위에 올려놓고 내 쪽으로 밀어 보낸다. 내 작품 〈모두가 프롤레타리아트〉의 사본이다.

씨엔: 당신이 작년에 발표한 작품입니다. 이걸 작품이라고 불러야 할지는 모르겠지만.

씨엔이 쓴웃음을 짓는다. 내 작품이 이런 취급을

받는 것이 한두 번이 아니므로 낯선 일은 아니다.

씨엔: 소학생도 이것보다는 잘 그리겠네요. 하긴 당신네 미래파 작가들이 그리는 게 다 이 모양이긴 하지만. 그렇지만 제가 작품의 수준을 문제 삼는 것은 아닙니다. 당신들보다 예술적 식견이 더 높다고 말하기도 어려울 테고요. 문제는 작품의 메시지입니다.

씨엔은 오른손 검지와 중지로 종이를 눌러 자기 쪽으로 방향을 돌린다.

씨엔: 여기 깃발에 이렇게 적혀 있네요. "이제 당은 필요 없다." 모두가 프롤레타리아가 됐으니 프롤레타리아 독재가 필요 없다는 뜻으로 읽히는데 맞는가요?

나는 고개를 끄덕인다.

씨엔: 당신이 이 작품을 내놓았을 때부터 우리는 당신을 주목하기 시작했습니다. 이건 명백히 반혁명적인 메시지예요. 프롤레타리아 독재에 저항하는 반혁명세력, 반당세력의 주장과 같지 않습니까?

나: 거꾸로 읽으신 거예요. 이건 미래의 모습입니다. 프롤레타리아 혁명이 완수된 사회, 그래서 계급이 폐지되고 모두가 자유롭고 평등한 공산주의 사회

를 그린 거예요. 내가 그린 작품 중에서 가장 혁명적인 작품이라고 감히 말씀드릴 수 있습니다.

씨엔: 미래상이라고요.

씨엔은 다시 콧수염을 매만진다. 어디 출신일까. 눈이 작고 광대뼈가 튀어나왔다. 얼굴빛은 가무잡잡하다. 시베리아 어디쯤일 거라고 짐작한다. 소수민족 출신으로 엔카베데 요원이 되기는 쉽지 않았을 것이다. 나이는 20대 후반에서 서른 정도로 보인다. 콤소몰 출신, 혁명 세대다. 이들은 두려움을 모른다. 윗세대를 존중하지 않는다. 우리가 그렇게 가르쳤다.

씨엔: 계급이 사라진 공산주의 사회라…. 여기 그려진 사람들은 다들 뒤죽박죽, 질서라고는 찾아볼 수가 없네요. 입은 옷도 다 제각기 다르고 색도 다르네요. 붉은색이 도드라지지도 않습니다. 모두가 자유롭게, 그러니까 당의 영도 없이 자유롭게 살아도 된다….

나: 마르크스께서도 레닌 동지께서도 혁명이 완수되면 당은 사라질 거라고 하셨습니다. 당은 과도기적인 거예요. 공산주의 사회에서 모든 인간은 자신의 자율성과 의지로 자신의 삶을 살아갈 거예요. 그런 메시지를 담고 있는 겁니다.

모든 것의 이야기

씨엔: 그래서 당신이 오만하다는 겁니다. 공산주의
가 언제 오는지, 언제 왔는지를 누가 판단합니까?
오로지 당이 판단합니다. 그리고 자율성과 의지라
니, 당신은 서구 제국주의의 더러운 사상, 자유주의
와 개인주의에 오염됐습니다. 아니 어쩌면 처음부터
그랬을지도 모르죠. 당신과 그 같잖은 미래파 모두
가 말입니다.

씨엔은 파일에서 종이 한 장을 더 꺼낸다. 이번엔
〈하나 된 인류〉다. 씨엔은 이번에는 웃지 않는다.

씨엔: 세상 모든 인종과 민족의 모습을 잘라 붙인
콜라주네요. 백인도 황인도 흑인도 있고, 아메리카
원주민도 폴리네시아인도 보이네요. 부랴트인이 없
는 것이 좀 아쉽긴 합니다만.

씨엔은 부랴트인인가 보다. 몽골 초원에서 온 사람
이다. 볼셰비키는 1920년대 중반부터 시베리아의 소수
민족 어린이와 청소년 들을 부모에게서 강제로 떼어내
도시의 학교로 모았고, 씻기와 글쓰기, 수학, 사회주의
혁명을 가르치며 새로운 세대로 육성했다. 러시아의 어
린이들이 그러했듯이 소수민족의 어린이들도 급진적인
청년으로 자라났다. 소비에트의 세대. 그들은 혁명만을
알았고 그 밖의 것을 모두 적으로 취급했다. 아니 스탈

린만을 알았고 그 밖의 것을 모두 적으로 취급했다.

씨엔: 트로츠키주의자들이 말하는 세계혁명인가요? 아주 적절한 작품이군요.

나: 그게 무슨 말씀인가요? 혁명이 완수되면 국가도 민족도 사라질 거라는 걸 모르신다는 말인가요?

씨엔: 단계가 있지 않습니까? 레닌 동지께서는 민족적 형식과 사회주의적 내용을 말씀하셨습니다. 민족은 인민과 그 문화를 담는 그릇입니다. 공산주의 단계에 이를 때까지 모든 민족은 각자 자신의 문화를 발전시켜야 해요. 물론 사회주의적으로요. 그 뒤에야 모든 민족이 대등한 위치에서 하나의 거대한 민족, 아니 민족 없는 세계를 이룰 수 있습니다. 당신이야말로 그걸 모르시는 건가요?

나: 알고 있어요. 하지만 이 작품도 미래의 전망을 그린 거예요. 우리가 궁극적으로 도달해야 할 목표요. 구별도 차별도 없는 세계. 공산주의에서는 모든 민족의 차이가 사라지고 우리는 하나의 인류가 될 거잖아요.

씨엔: 지금 그런 이야기를 하는 건 제국주의자들과의 화해를 주선하는 일밖에 되지 않습니다. 소비에

트 내에 있는 소수민족들의 문화를 말살시키자는 것이기도 하고요. 왜 아직 오지도 않은, 오직 당만이 그 시점을 정할 수 있는 공산주의에 대해 이야기하는 겁니까? 아직은 먼 미래입니다. 우리는 제국주의, 자본주의와 전쟁을 치르고 있고, 우리 자신의 그러한 과거와도 전쟁을 치르고 있습니다. 당신은 예술을 핑계로 적들의 편을 들고 적들과 내통한 겁니다.

씨엔의 말투는 교과서를 읽는 것 같다. 모국어가 아니어서 그럴 수도 있겠지만 끊임없는 사상훈련으로 단련된 말투이기도 할 것이다. 마치 벽에 대고 이야기를 하는 것 같다.

도대체 몇 시일까. 새벽이 되었을까, 아직 깊은 밤일까. 씨엔의 얼굴에선 피곤한 기색이 드러나지 않지만 나는 긴장한 가운데서도 극심한 피로감이 밀려든다. 이야기를 계속할수록 점점 더 깊은 수렁 속으로 빠져들고 있음을 느낀다. 빠져나가야 한다. 일단은 살아남아야 한다. 반혁명분자에게, 트로츠키주의자에게 주어지는 처벌은 사형뿐이다. 딸 스베틀라나의 얼굴이 떠오른다. 세르게이의 얼굴도.

세르게이도 미래파의 일원이었다. 세르게이는 소비

에트에는 예술의 미래도 미래의 예술도 없다고 했다. 당의 지침만을 따르는 예술, 당이 말하는, 당에 복무하는 예술이란 진짜 예술이. 아니고 당의 선전물에 불과하다고 했다. 진짜 혁명을 하기 위해 예술의 자유가 주어지는 프랑스로 올 수밖에 없었다는 것이다. 나는 동의하지 않았다. 비겁하다고 했다. 나를 믿지 못한 것도, 나와 스베틀라나를 버린 것도.

　나: 다시 말씀드리지만 나는 우리가 도달해야 할 혁명의 미래, 마르크스와 레닌 동지께서 말씀하신 공산주의 세계의 모습을 그렸을 뿐입니다. 예술가란 모름지기 지금보다 더 나은 미래를 인민들에게 보여줘야 하고, 그래서 그곳으로 인민들을 이끌고 갈 사명을 지니고 있어요. 예술가는 당과 인민의 전위가 되어야 합니다. 나는 내 사명을 다했을 뿐이에요.

　씨엔: 그럴 리가요. 전위는 당입니다. 예술가는 당이 이끄는 혁명을 인민에게 선전하고 선동하는 광대 같은 존재예요. 당신은 아무리 좋게 보더라도, 그리고 당신의 주장에 따르더라도, 당이 당신에게 부여한 역할을 방기하고 당을 배신했어요. 당신은 당도 소비에트도 아닙니다. 그 수족일 뿐이에요. 제가 그런 것처럼 말입니다.

씨엔은 파일에서 또 한 장의 그림을 꺼낸다. 〈연결된 세계〉다. 지구 대기권 위로 수백 개의 철로가 놓여 있고, 수천 량의 열차가 초고속으로 운행하고 있다. 붉은 광장의 성 바실리 성당과 파리의 에펠탑과 이집트의 피라미드, 중국의 만리장성, 미국의 자유의 여신상 같은 건축물과 조형물 들이 과장된 크기로 그려져 있다. 충분한 전기의 생산으로 밤이지만 온 세상이 대낮처럼 밝다. 이건 미발표작이었다.

씨엔: 이건 왜 발표하지 않았죠? 소비에트가 무너진 뒤의 세계입니까? 자유의 여신상이라니, 에펠탑이라니. 제국주의의 상징들을 부끄럽지도 않게 사용했군요. 당신들 반동분자들끼리 돌려가며 보았습니까? 반혁명의 도구로 활용할 생각이었나요? 설마 이것도 공산주의의 미래를 그린 것이라고 둘러대진 못하겠지요.

씨엔이 거칠게 몰아세운다. 작고 날카로운 눈이 더 작게 찡그려진다.

씨엔: 반혁명이 아니면 트로츠키주의자인 거겠지요. 둘 다이거나.

어디선가 자그맣게 신음인지 비명인지 모를 소리가 들려온다. 소리는 점점 더 잦아지고 점점 더 커진다. 남

71

자의 목소리도 있고 여자의 목소리도 있다. 몸이 굳는다. 입술도 혀도 딱딱하게 굳는다.

씨엔: 예술은, 혁명에 복무해야 합니다. 그런 점에서 예술가도 혁명가일 수 있지만, 모든 혁명가들이 그러하듯이 당의 지도를 따라야 해요. 우리는 개인이 아닙니다. 개인은 나약하고 타락하기 쉬워요. 그건 당신도 저도 마찬가지예요. 개인에게 도덕적이고 이념적인 판단을 맡기는 건 자본주의자들이나 하는 짓입니다. 그 결과를 보세요. 타락한 자본주의의 그 예술이란 걸, 당신은 외국에 여러 번 다녀왔으니 잘 보았을 것 아닙니까? 예술가는 전위가 아닙니다. 예술가도 당원입니다. 우리는 당과 스탈린 동지를 따릅니다. 당신은 배신자예요.

나는 거의 끝에 다다랐음을 느낀다. 씨엔은 벽이다. 당과 보수적인 예술가들이 언제나 그랬던 것처럼. 아니 혁명 초기에는 달랐다. 그때는 모든 것을 상상할 수 있었고 오히려 무한한 상상력이 장려되었다. 지금은 다르다. 더는 상상력이 허용되지 않는다.

그러나 나는 살아남고 싶다. 하지만 그 방법을 모르겠다.

병사 하나가 방문을 두드리더니 문을 연다. 씨엔이

모든 것의 이야기

병사에게 다가가니 귀엣말로 무언가를 보고한다. 병사가 문을 닫고 사라진다. 씨엔의 입가에 설핏 미소가 스친다. 씨엔은 다시 의자에 앉는다.

씨엔: 제 고향인 부랴티야에서는 예술가들이 두 가지 사업에 매진하고 있습니다. 제국 시절 러시아인들에게 상처 입은 우리 민족의 전통을 복원하고 더욱 발전시키는 일이 한 가지고, 부랴티야의 청년들이 사회주의 조국의 모범적인 일꾼으로 따라 배울 예술적 전형을 창조하는 일이 또 한 가지입니다. 모두 당의 방침에 따른 것이고, 모두가 최선을 다하고 있습니다. 당신이 이런 쓰레기들을 그리고 있을 때 말입니다.

씨엔은 꺼내놓았던 복사본들을 챙겨서 다시 파일에 끼워 넣는다.

씨엔: 아까도 말했지만 저도 어린 시절에는 당신의 작품을 꽤 좋아했습니다.

나: 왜 그랬죠? 제국주의의 간첩이자 트로츠키주의자의 작품이라면서요.

씨엔: 그때는 저도 어렸으니 사회주의의 위대함, 과학과 기술의 발전, 서구적인 세련됨, 그런 것들이 좋았죠. 우리의 빛나는 미래를 그린 그림들이 아름답

게 보였습니다.

나: 더 나아가야 해요. 여기는 끝이 아니에요. 우리는 더 큰 꿈을 꾸고 더 아름다운 미래를 그려야 합니다.

씨엔: 먼 미래의 일이에요. 지금은 생산력을 끌어올리고 제국주의의 침략에 대비할 때입니다. 그게 지금 우리에게 부여된, 당이 부여한 혁명의 과업이에요.

나: 하지만 그럴수록 예술은, 예술만은 더 나은 미래를 그리고 전망을 제시해야 해요.

씨엔: 아니요, 인민들에게 자신의 역할에 충실하도록 교육하는 것이 예술의 과업입니다. 당신이 틀렸어요. 그리고…, 당신은 졌어요. 배신자이기도 하지만 패배자이기도 합니다.

씨엔은 담배를 한 대 빼 물고 불을 붙인 다음 내게 권한다. 나는 받아 든다. 담배 연기가 달콤하면서도 쓰다. 씨엔은 자신의 담뱃불도 붙인다.

나: 나를 어떻게 할 건가요?

씨엔: 당신은 알지 모르지만 이렇게 오래 이야기를 한 건 당신을 구하고 싶었기 때문입니다. 하지만 이미 늦었네요. 애초에 어렵기도 했고요. 세르게이를 만난 건 정말 큰 실수였어요. 당신이 배신자가 아니라고 하더라도 말이죠. 블라디미르 안드레이비치

와 마리나 바실리예바가 자백을 했습니다. 당신이 주동자라고 하더군요. 트로츠키주의를 학습하고 유럽의 자본주의자들과 소통했다고 말입니다.

아까의 비명은 블라디미르와 마리나의 것이었다. 곧 내 차례일 것이다. 고문을 견디는 사람은 없다고 들었다. 나도 그럴 것이다.

나: 글을 쓸 수 있도록 해주세요. 모든 걸 소상히 밝히겠습니다. 당과 소비에트예술가협회에 제출할 수 있게 해주세요. 부탁드립니다.

씨엔: 제 권한 밖의 일입니다. 말은 해보지요. 하지만, 당신도 짐작하겠지만 이제 당신 차례입니다. 자백을 하고 당의 관용을 구해보시죠. 제가 드릴 수 있는 마지막 조언입니다.

나: 처음부터 말씀드렸듯이 나는 제국주의의 첩자도 트로츠키주의자도 아닙니다. 나는 트로츠키 같은 나르시시스트 정치꾼, 살인마들을 혐오해요. 혁명을 핑계로 너무 많은 사람을 죽였잖아요. 그는 악마예요. 자본주의도 혐오합니다. 나는 처음 그림을 그리기 시작할 때부터 혁명만을 위해 그렸어요.

씨엔은 작은 한숨을 내쉰다.

씨엔: 제가 보기엔 당신이야말로 나르시시스트입니

75

다. 그리고 혁명은 희생을 필요로 합니다. 특히 배신자들에게는 가혹해야 하죠. 당신 같은.

눈물이 솟는다. 스베틀라나가 보고 싶다. 세르게이의 품이 간절히 그립다. 두렵다. 그리고 분노가 치밀어 오른다.

나: 이건 말이 안 돼요. 내가 어떻게 살아왔는데, 당신 따위가, 감히.

씨엔은 다 타들어간 담배를 바닥에 버리고 구둣발로 비벼 끈다. 내 손의 담배는 이미 불이 꺼져 있다.

씨엔: 당신에게 마지막 배려를 하겠습니다. 한때 제가 존경하던 예술가이니.

씨엔은 주머니에서 흰색의 작은 약병을 꺼내 뚜껑을 열더니 회색 알약 하나를 책상 위에 내려놓는다.

씨엔: 취조는 30분 뒤에 시작될 겁니다. 제가 맡지는 않을 겁니다.

씨엔이 의자를 뒤로 빼고 몸을 일으킨다. 나는 무언가 할 말을 찾지만 도무지 떠오르지 않는다.

나: 스베틀라나를, 내 딸을 한 번만 볼 수 있게 해주세요. 그리고 제발 내가 스스로를 변호할 수 있도록 종이와 펜을 주세요.

씨엔은 대답하지 않는다. 나는 의자에서 일어나려

모든 것의 이야기

다 다리에 힘이 들어가지 않아 풀썩 주저앉는다. 너는
이미 문을 향해 돌아서 있다.

네가 문을 열고 나아간다.

‡ 하동군 양보면, 1951년

나는 문을 열고 들어선다.

마당에는 닭들이 모이인지 벌레인지를 두고 다툼이
났는지 암탉 두 마리가 날개를 퍼덕이며 서로의 머리를
부리로 쪼아대고 있다. 입춘이지만 새벽 공기는 동짓날
이나 다르지 않게 시리다. 여느 날처럼 산 너머 밭에 밤
새 별고 없었는지 살피고 돌아오는 길이다. 하지만 오
늘은 특별한 날이다. 어쩌면 내 인생에서 가장 특별한
날이 될 것이다.

나는 이 집에서 23년 전에 머슴으로 태어났고 23년
을 머슴으로 살았다. 일정 때만 해도 주인집이 부자라
사는 것이 나쁘지 않았다. 철마다 한 벌씩 옷도 지어주
고 밥이며 반찬이며 부족하지 않게 먹여주었다. 그러나
철들고 나서는 이렇게 사는 건 사는 게 아니라고 생각했
다. 노비 제도가 없어진 지 반백년이 더 지났어도 내 삶
은 노비와 다르지 않았다. 아버지와 할아버지와 그 할

아버지의 아버지도 모두 노비였으니 당연한 일인지도 모른다.

동란이 터지고 공산교에서 그 일이 있은 뒤로 마을은 예전 같지 않았다. 더는 예전으로 돌아갈 수 없었다. 인민군은 마을에 들어오자마자 인민위원회라는 것을 만들었고 소작농과 머슴 들을 데려다가 낡은 계급제도와 지주계급을 철폐하라고 시켰다. 옆집 머슴이던 연길이 형은 면 인민위원회의 높은 자리에 앉았다. 어깨에 붉은 완장을 차고 사람들을 몰고 다니며 대장 노릇을 했다. 평소 구부정하던 등을 늘 펴고 다녔다. 연길이 형은 이제야 진정한 해방이 왔고 지주와 자본가를 몰아내고 모든 인민이 평등한 세상을 만들 거라고 했다.

마을의 지주들은 죄지은 사람처럼 고개를 숙이고 다녔다. 집 밖 출입조차 조심스러웠다. 지주 집 아이들은 개울의 물놀이조차 나오지 못했다. 머슴인 나도 겁이 나서 낮에는 논에 나가 일을 하고 저녁에는 방 안에만 처박혀 있었다. 연길이 형이 몇 번 찾아와서 이러고 있으면 너도 반동분자 취급을 당하니 인민위원회에 들어오라고 했지만 그러지 못했다.

혜미 때문이었다.

혜미는 주인집 며느리였다. 몸도 얼굴도 눈도 코도

입도 자그맣고 귀여웠다. 남편은 일정 때 부산에 있는 일본인 상점에서 일했는데 해방이 되고 잠시 고향에 돌아와 있더니만 지난해 일본인 주인의 전갈을 받자마자 배를 타고 오사카로 떠나버렸다. 혜미의 아들은 그 뒤에 태어났으니 사실상 유복자인 셈이었다. 올해 초에는 혼자이던 시아버지마저 중풍을 맞고 쓰러졌다. 혜미는 아들과 시아버지의 똥 기저귀를 함께 갈아야 했다. 이 집의 농사일은 온전히 내 몫이었으므로 꼭 무서워서가 아니더라도 인민위원회 같은 것은 거들떠볼 여력이 없었다.

인민군이 들어오자 혜미는 반동 지주계급으로 몰렸다. 혜미가 반동으로 몰린 것은 시가보다 친정 탓이 컸다. 혜미의 아버지는 일정 때 면서기를 지냈고 동시에 면사무소 바로 옆에 있는 양조장의 주인이었으므로 면에서 한 손에 꼽히는 부자였다. 권력과 돈을 모두 가졌으니 흔한 땅부자들과는 격이 달랐다. 성격도 까칠하기 그지없어서 누가 밀주라도 담그다가 발각되는 날에는 지서에 붙들려가 며칠씩 고초를 치러야 했다. 심지어는 사돈댁인 우리 집주인 양반이 밀주를 담근 것이 발각되었을 때도 지서 신세까지 지게 하지는 않았지만 한여름 뙤약볕 아래 온종일 신작로에 서 있게 하는 벌을 주었다. 사돈에게 그럴 정도니 다른 면민들에게도 미운털이

79

단단히 박혀 있었다.

공산교 사건은 인민군이 들어오고 2주쯤 뒤인 7월 하순에 벌어졌다. 원래 다리 이름은 동네 이름을 딴 운암교였는데 그 사건이 있고 나서부터 공산교라고 불렸다. 양보면의 악질적인 반동분자 셋이 한날한시에 처형되었다. 혜미의 아버지, 작은아버지, 그리고 오빠였다. 오빠는 도쿄에서 유학하다 해방이 되자 고향집에 돌아와 있었다.

연길이 형은 공산교에 모인 면민들에게 혜미 가족의 죄를 일일이 밝히도록 하고 거수로 유무죄를 가렸다. 혜미의 아버지와 작은아버지, 오빠는 일본 제국주의의 앞잡이, 인민을 착취한 악질 지주이자 자본가, 반혁명을 꾀한 반동분자, 그 밖에 10여 개의 크고 작은 죄목으로 사형을 선고받았다. 만장일치였다.

연길이 형은 사람들에게 돌을 던지도록 시켰다. 사람들은 처음에는 머뭇거렸지만, 돌을 던지지 않는 자는 똑같은 반동분자로 취급하겠다는 연길의 말이 있고 나자 하나둘씩 돌을 집어들었다. 사형수들은 돌에 맞아 머리가 깨지고 온몸이 피칠갑이 된 뒤에야 다리 난간 앞에 세워졌고 인민군에 의해 총살되었다. 서 있던 자리에 검붉은 핏물이 흥건히 고였다. 시신을 수습하는 사람조차 없었다.

혜미는 한밤이 되자 혼자서 다리로 나갔다. 나는 머슴방이 있는 별채에서 혜미가 집을 나서는 소리를 듣고 삽을 하나 챙겨 들고 따라나섰다. 연길이 형의 패거리가 불쑥 나타나지 않을까 겁이 났지만 그렇다고 스무 살 먹은 여자 혼자서 남자 어른 셋의 시신을 수습하도록 놓아둘 수는 없었다.

보름달이 둥실 환하게 떠올라 있었다. 혜미는 거적이 덮인 시신들 앞에서 넋을 놓고 서 있었다. 내가 인기척을 내는데도 놀라지 않았다. 나는 말없이 혜미의 아버지부터 등에 업고 선산으로 옮기기 시작했다. 이미 몸이 딱딱하게 굳어 있어 업는 것조차 애를 먹었다. 혜미도 흩어진 옷가지며 신발을 집어들고 뒤를 따랐다. 잡초가 무성한 숲길을 따라 들어가 구덩이 셋을 파고 시신들을 다 묻고 났을 때는 아침 해가 훌쩍 떠올라 있었다.

정신줄을 놓아버린 혜미의 어머니는 이웃한 면의 오빠 집에 몸을 의탁했다. 양조장과 친정집이 몰수되었으므로 혜미는 다섯 동생을 시가로 데려와야 했다. 막내는 고작 여섯 살이었다. 혜미는 시아버지와 외동아들과 어린 동생들을 모두 먹이고 입히고 씻기고 재웠다. 나도 돕기는 했지만 머슴인 내가 하는 일은 모두 혜미가 하는 일인 셈이었다.

혜미는 그때부터 자그맣고 고운 입술을 달싹거리며 혼잣말을 하기 시작했다. 유행가 가사 같기도 하고 신세 한탄을 하는 것 같기도 하고 한숨을 내쉬는 것 같기도 했다. 소리가 너무 작아서 주의를 기울여야 무슨 말을 하는지 대강이나마 알아들을 수 있었다.

너는 어디에 있길래 오지를 않느냐, 너는 벌써 지나간 것이냐, 앞으로 지나갈 것이냐, 이번 생에 만날 수는 있는 것이냐, 후우, 전생에 너를 만났더냐, 내생에 너를 만날 거냐, 너 없는 삶이 무슨 이유가 있을 거냐, 너를 한번 보기라도 하면 더 살지 않아도 좋을 건데, 너를 만나야 내가 눈을 감을 건데, 너는 어디에 있는 것이냐, 있기는 한 것이냐.

혜미의 혼잣말은 점점 길어졌고 언젠가부터 종일 쉬지 않고 이어졌다. 그 중얼거리는 말 속에는 항상 '너'가 있었는데 그게 일본으로 떠난 남편을 말하는 것인지, 죽은 아버지나 오빠를 말하는 것인지 알 도리가 없었다. 잘 들어보면 남편도 아버지도 오빠도 아닌 것 같았다. 친정어머니처럼 정신을 놓아버린 것이 아닌지 걱정이 되었지만 식사 준비나 빨래, 청소 같은 집안일은 예전처럼 꼼꼼하기 그지없었다. 끝없이 중얼거리는 것만

모든 것의 이야기

달라졌을 뿐이었다.

　인민위원회가 면민 전원을 면사무소 건너편의 중학교 운동장으로 소집했다. 소작농과 머슴 같은 기층계급만이 아니라 지주들도 빠짐없이 모이도록 했다. 땀이 뻘뻘 나는 무더운 여름날이었고 흙먼지가 날려 눈이 따갑고 숨이 턱턱 막혔다. 운동장은 수천의 인파로 바글댔다. 인민위원회의 위세가 하늘을 찌르는 데다 얼마 전 공산교 학살까지 있었으므로 중병이 들거나 걷지 못하는 사람이 아닌 한 빠질 엄두를 내지 못했다. 나도 주인집 식구들과 함께 운동장으로 나섰다.

　붉은 완장을 찬 연길이 형이 구령대 위에서 팔을 이리저리 휘저으며 사람들을 정렬시켰다. 구령대에서 바라볼 때 왼쪽에는 기층계급을, 오른쪽에는 지주와 지식인을 세웠다. 기층계급의 사람들은 그저 무슨 일이 있을지 궁금해할 뿐이었지만 지주와 지식인 들은 인민재판이 또 있을지도 모른다는 불안감에 떨었다.

　연길이 형이 내려가고 인민군복을 차려입은 장교 한 명이 올라왔다. 깨끗하게 면도한 얼굴에 말끔히 다려진 군복을 입고 있었다. 전투를 치르고 온 군인처럼 보이지 않았다. 인민군 장교는 공화국과 인민의 군대가 남조선 인민들을 해방시키기 위해 내려왔고 승리에 승리를 거듭한 끝에 미 제국주의와 이승만 괴뢰도당을 이 땅에서 완전히 몰아낼 날이 임박했다고 웅변했다. 구령대 아래에 서 있던 연길이 형이 손시늉을 하며 박수를 치라고 독려했고 면민들은 무서우리만치 우렁찬 손뼉 부딪는 소리로 화답했다.

다음으로 인민위원장이 구령대에 올랐다. 인민위원장은 중학교 교장 선생이었다. 비밀 당원이기라도 했던 모양이었다. 금빛 안경테가 햇빛을 받아 더욱 반짝거렸다. 인민위원장은 이승만 괴뢰도당의 유상몰수 유상분배 토지개혁은 순 가짜고 인민위원회는 공화국에서 했던 것과 같이 무상몰수 무상분배의 진짜 토지개혁을 할 것이라고 선언했다. 계급 없는 사회로 가는 첫발을 내딛는 것이라고 했다. 교장 선생은 생산수단의 사회화니 무산계급의 독재니 하는 어려운 말을 섞어 썼지만 결론은 머릿수에 따라 토지를 새로 나누겠다는 이야기였다.

놀랍게도 혜미는 한 주 넘게 계속하던 혼잣말을 멈추고 눈을 초롱초롱 반짝이며 이야기에 집중했다. 누구인지 모를 너를 더는 찾지 않았다. 더욱 놀라운 일은 혜미가 그날 집회를 마친 뒤에 인민군 병사들이 총을 메고 지키고 있는 예전에 면사무소였던 인민위원회를 찾아간 것이다. 혜미는 자신도 새로운 사회를 건설하는 데

힘을 보태고 싶다면서 아무 거라도 일거리를 달라고 했다. 물론 처형당한 면서기의 딸을 인민위원회가 받아줄리 만무했으므로 그녀의 시도는 수포로 돌아갔다. 혜미는 새로 조직된 여성연맹에도 가보았지만 문전박대를 당하기는 매한가지였다.

나는 혜미의 머슴이었으므로 종일 혜미를 따라다녔는데, 그녀가 왜 사회주의나 공산주의 같은 것에 관심을 갖게 되었는지 의아할 따름이었다. 자기 아버지와 오빠를 죽인 것이 그 사회주의와 공산주의가 아니었던가 말이다.

아무튼 혜미는 그날부터 혼잣말을 멈추었고 인민위원회의 집회란 집회는 빠짐없이 쫓아다녔다. 집안은 엉망이 되어갔다. 밥이며 반찬까지 내가 해야 할 지경이었다. 아무리 머슴이라도 이건 좀 심하다 싶었지만, 혜미를 사모하는 마음의 크기가 그런 불만보다 더 컸다.

한 가지 더 놀라운 일은 혜미가 나와 잠자리를 가진 것이다. 벼들이 아직 푸릇푸릇한 논에서 김을 매던 어느 날 오후, 집회를 마치고 논에 들른 혜미가 무작정 내 손을 잡더니 자신의 옷섶 속으로 집어넣었다. 나랑 하고 싶었지요? 혜미는 내 눈을 똑바로 보며 말했다. 우리는 논둑에서 옷을 입은 채로 첫 번째 관계를 가졌다. 옷에 흙이 묻고 풀물이 뺐다. 그 일은 날마다 계속

되었다.

나는 아기가 들어설 것이 무서웠지만 세상이 뒤집혔으니 그러면 또 어쩌랴 하는 마음도 들었다. 이제 머슴이 어디 있고 양반이 어디 있는가 말이다. 남편이란 놈은 처자식과 부모까지 팽개치고 강아지 새끼처럼 자기 주인을 따라 일본으로 건너가버렸으니 혜미는 임자 없는 여자나 마찬가지였다. 계급의 벽만 사라진다면 문제될 것이 없었다.

혜미는 아들을 하나 낳기는 했으되 그 남편은 하동에 와 있을 때도 바깥으로만 돌았으므로 사실상 처녀나 마찬가지였다. 혜미의 몸속은 한없이 깊고 부드럽고 따스했다. 나는 태어나서 처음으로 행복하다고, 해방이란 건 어쩌면 이런 것일지도 모르겠다고 생각했다. 다만 잠자리를 언제 가질지, 어떤 방식으로 가질지는 오로지 혜미의 뜻에 달려 있었다. 나는 여전히 머슴처럼 굴었고 성적인 관계에서조차 머슴의 자리에서 벗어난 적이 없었다.

혜미는 점점 대범해져서 시아버지와 동생들이 있는 집 안에서도 한밤중에 별채로 넘어와 잠자리를 요구했다. 나는 소리가 나지 않도록 조심하고 또 조심하면서 그녀의 몸속으로 들어갔다. 혜미도 다른 여자들과 달리

모든 것의 이야기

아무 소리도 내지 않았다. 물론 혜미는 내게 첫 여자였으므로 여자들이 소리를 낸다는 것은 다 연길이 형 같은 사람들에게서 들은 이야기였다.

혜미는 관계를 마치고 나면 내 품속에서 모로 누워 몸을 둥글게 말고 자신의 꿈 이야기를 했다. 그녀는 자신이 공산주의자인 것 같다고 했다. 계급이 없어지고 평등한 세상이 오면 자신은 모든 것을 내던지고 도시로 갈 것이고 그곳에서 제2의 인생을 시작할 거라고 했다. 일을 해서 돈을 벌고 여성연맹 같은 데 들어가서 높은 자리까지 오를 거라고 했다. 혜미는 내게도 같이 가자고 했다.

꿈같은 이야기였다. 정말 꿈같은. 시아버지는 그렇다 치더라도 아들과 동생들은 어쩐단 말인가. 하지만 그런 이야기는 감히 꺼낼 수 없었다. 나는 혜미가 내민 새끼손가락에 내 새끼손가락을 겹치며 약속했다.

깊은 밤의 하늘에는 별들이 가득했다. 은하수가 길게 눕고 큼지막한 목성과 붉은 화성, 그리고 수많은 별들이 반짝였다. 별똥별이 휙휙 선을 그으며 지나갔다. 우리는 방문을 살짝 열고 그 틈으로 보이는 별자리를 함께 헤아렸다. 그러다가 또 몸을 섞었고, 그러다가 또 우리가 함께하는 꿈 이야기를 나누었다. 마당에는 다

타들어간 모깃불에서 하얀 연기가 한 줄 피어올랐다.

그러나 나는 두려웠다. 별들이 제자리를 빙빙 돌듯, 세상에는 순리라는 것이 있는 법인데 머슴과 주인집 며느리가 이래도 되는 것인지, 그러다 발각되기라도 하는 날에는 무슨 일이 터질 것인지 두려웠다. 아랫것들이 세상의 주인 노릇을 할 거라는 말도 솔직히 믿기 어려웠다. 언제쯤 세상이 다시 바로잡히는 날이 오면 지금 동네를 휘젓고 다니는 소작농과 머슴 들이 된통 고초를 치를 것 같았다. 늘 머슴에서 벗어나고 싶었지만, 이제껏 머슴으로 살아왔으므로 계속 머슴으로 사는 것도 나쁘지 않겠다는 생각까지 들었다. 그런 두려움 속에서 내 마음은 이러지도 저러지도 못하고 흔들렸다. 그것이 혜미와 나의 차이였다.

그러기를 한 달쯤 뒤에 연길이 형이 긴 총을 메고 집에 들이닥쳐 황급히 나를 찾았다. 나는 또 무슨 일인가 싶어 겁이 났다. 여전히 붉은 완장을 차고 있었음에도 연길이 형의 안색은 창백했고 눈동자는 안절부절못하고 흔들렸다. 미제 놈들의 마지막 저항이 거센 탓에 일시적이고 전략적인 퇴각을 할 것인데, 내게도 같이 가자고 했다.

우리 같은 머슴들은 여기 계급사회에 남아 있어서

모든 것의 이야기

는 안 돼. 나랑 같이 총을 들고 새 세상을 만들러 가자. 네놈이 있어야 할 곳은 이 집이 아니라 인민의 군대야.

하지만 나는 총을 들 용기도 없었고, 무엇보다 혜미를 지키고 보살펴야 했으므로 연길이 형을 따라갈 수 없었다. 서너 번을 설득해도 내가 묵묵부답이자 형은 시간이 없다며 서둘러 집을 나섰다. 하지만 인민군은 반드시 돌아올 것이고 내가 '우리 편'인 것을 굳게 믿고 있으니 그전에도 연락을 넣겠다고 했다. 나는 끝내 고개를 끄덕이지 못했다.

연길이 형이 떠난 바로 이튿날에 미군과 국방군이 들이닥쳤다. 인민군과 인민위원회의 흔적은 하루아침에 거짓말처럼 사라져버렸다. 인민위원회에 적극적으로 가담했던 사람들은 모조리 인민군과 함께 떠나버렸으므로 국방군은 보복할 대상도 찾지 못했다. 인민위원회가 몰수해 나누어주었던 토지는 원래 주인들에게 돌아갔다.

국방군의 높은 장교가 직접 집에 찾아와 공산교에서 가족을 잃은 혜미를 위로했다. 혜미는 하염없이 눈물을 흘렸는데, 내 눈에는 죽은 아버지나 오빠 때문이 아니라 쫓겨간 인민군과 인민위원회 때문인 것처럼 보였다.

혜미는 다시 혼잣말을 중얼거렸고, 한밤중에 내 방문을 열고 들어오는 일도 중단했다. 중얼거림은 전보다 한층 더 심해졌다. 간절히 그리운데 누가 그리운지 모르겠고, 그리운 누가 있는 건지도 모르겠고, 내가 누군지도, 여기가 어딘지도 모르겠고, 가고 싶은 데가 있는지도, 거기가 어딘지도 모르겠고, 어디로 갈지도 모르겠고, 거기 가면 너를 만날 수 있을지도 모르겠고, 거기 갈 수 있을지도 모르겠고…. 뜻을 헤아리려 애써보아도 헤아릴 수 없는 부서지고 조각난 말들이었다.

인민군과 연길이 형네는 깊은 산속으로 숨어 들어갔다고 했다. 가을이 오자 국방군이 서울을 수복하고 삼팔선을 치고 올라갔다는 소식이 들려왔다. 전쟁은 곧 끝날 것 같았다. 간간이 들려오는 전방의 소식과는 별개로 하동군 양보면은 전쟁 전의 평온을 되찾았다. 적어도 겉으로는 모든 것이 제자리로 돌아간 것처럼 보였다. 그러나 소작농과 머슴 들이 완장을 차고 호령했던 몇 달의 시간은 신분이나 계급 같은 것을 모두 우습고 허망한 것처럼 보이게 만들었다. 전쟁은 속 깊은 곳에서 많은 것을 바꾸어놓았다.

가을이 지나 겨울이 오고 연길이 형의 시신도 함께 왔다. 산에서 먹을 것을 구하러 주변 마을로 내려오던 길에 총에 맞았다고 했다. 남아 있던 동네 사람들은 거개가 연길이 형을 못마땅하게 여겼지만 간소한 장례는

모든 것의 이야기

치러주었다. 내가 상주 노릇을 하고서 꽁꽁 언 뒷산을 파고 고이 묻어주었다.

외로워서 무섭고, 무서워서 외로워, 네가 천년 전에 지났으면 어찌하고, 네가 천년 뒤에 지나가면 또 어찌할까, 네가 너인 줄 알았거늘 네가 아니었을까, 네가 너였으면 참말로 어찌할까, 지나가버린 것을 대체 어찌할까, 지나가버릴 것을 대체 어찌할까. 혜미의 중얼거리는 소리는 밤낮을 가리지 않았다. 어떤 때는 환청까지 들릴 정도였다.

그러던 동지섣달의 어느 밤, 혜미가 몇 달 만에 내 방 문고리를 잡아당겼다. 나는 벌떡 일어나 앉았다. 혜미는 한참을 말없이 나를 마주 보며 앉아 있더니 도시로 도망가자고 속삭였다. 오래 고민할 것은 없었다. 그리하겠다고 고개를 주억거렸다. 혜미는 입춘이 오면 떠나자고, 금반지를 팔아서 기차표를 사면 된다고 했다. 부산으로 가자고 했다. 부산이라니, 거기가 어디란 말인가. 그리고 이 전쟁통에 도시에 가서 입에 풀칠이나 할 수 있단 말인가. 나는 걱정이 앞섰다. 하지만 말 한마디 토를 달지 못했다. 혜미와 함께하고 싶었기 때문이다.

여기 남으면 한평생 남의 집 농사나 짓다가 늙어갈 뿐이다. 이 동네에서는 혜미와 혼인하는 것도 불가능하다. 전쟁 때문에 계급의 벽에 조금 실금이 갔다고 해도 머슴과 주인집 며느리의 혼인을 막을 정도로는 충분히 튼튼하게 세워져 있었다. 나는 두려웠지만 젖 먹던 힘까지 쥐어짜서 용기를 내보기로 했다.

그리하여 오늘이 입춘이다. 방에 미리 싸둔 옷가지를 집어든다. 꾸러미는 가볍다. 혜미와는 정오에 동구 밖에서 만나기로 했다. 부지런히 걸으면 진주역까지 이틀이면 도착할 것이다. 진주에서 기차를 타고 부산으로 갈 것이다.

삶은 끝났다. 그리고 새 삶이 시작될 것이다. 혜미와 함께. 그녀의 끝없는 중얼거림과도 함께.

문틈으로 새어든 입춘의 쌀쌀한 바람이 뺨을 어르듯 스치고 지나간다.

내가 문을 열고 나아간다.

모든 것의 이야기

대림동에서, 실종

순찰차는 양꼬치집 앞에서 멈춰 섰다. 간판에는 '王串店'이라고만 적혀 있었다. 가운데 글자는 생긴 것으로 보아 꼬치를 뜻하는 듯했지만 어떻게 읽어야 할지 짐작조차 가지 않았다. 여자 사장이 우리를 보더니 반색하며 식당 안으로 들였다. 식당은 손님들이 떠들어대는 중국말로 정신을 차리기 어려울 만큼 시끄러웠다.

사장이 가리키는 쪽을 보니 만취한 남자가 혼자 테이블에 비스듬히 기대고 앉아서 술을 따르고 있었다. 꽃봉오리 세 개 경장 계급장을 단 K가 내게 가보라는 눈짓을 했다.

K는 평소처럼 말이 없었다. 출동을 함께 나오면서도 무얼 어떻게 하라는 조언 한 마디 해주지 않았다. 며칠 전 내가 처음 출근한 날에도 신입이 들어왔다고 온갖 질문을 퍼부어대는 다른 선배들과 달리 관심조차 비추지 않았다.

K가 나를 시험한다고 생각했다. 심호흡을 크게 했다. 수십 번 연습했던 대사를 마침내 써먹을 때가 온 것이다. 남자 앞에 허리를 꼿꼿이 세우고 서서 최대한 단호한 말투로 말했다.

— 경찰입니다. 신분증 좀 보여주십시오.

남자는 돌아보지도 않았다. 대신 주변의 시선들만

나를 향했다. 여자 경찰관이 신기하게 보이는 모양이었다. 남자의 손등은 검붉었고 울퉁불퉁한 군살이 잡혀 있었다.

이제 뭐라고 해야 하나. 나는 인터넷으로 수강하고 있는 중국어 회화의 기억을 헤집었다.

— 워시징차. 칭추시닌더쉔펑쩡.

중국말에는 반응이 있었다. 남자는 새빨갛게 충혈된 눈으로 나를 몇 초 동안 노려보더니 자리에서 벌떡 일어섰다. 나는 엉겁결에 물러서다가 뒤에 앉은 사람의 등에 부딪히면서 균형을 잃고 주저앉았다. 남자가 뭐라 중얼거리며 다가왔다. 손을 내밀려는 것도 같았다. 그때 K가 남자의 팔을 뒤로 꺾어 바닥에 쓰러뜨린 다음 무릎으로 등을, 손으로 뒤통수를 짓눌렀다.

남자는 거칠게 저항하며 빠져나가려고 했다. K가 가까스로 수갑을 채우는 동안 나는 엉덩이를 털고 일어나 남자가 알아듣지도 못할 미란다 원칙을 읊었다.

— 지원 요청!

K가 소리쳤다. 하마터면 주머니에서 스마트폰을 꺼낼 뻔했다. 간신히 정신머리를 붙들고 가슴에 매달린 무전기를 손에 쥐었다.

땅딸막한 키에 다부진 어깨를 가진 남자는 수갑을

뒤로 찬 상태에서 어깨 힘만으로 K를 밀쳐내고 식당 밖으로 도망치려 했다. K는 바닥에 엎드린 채 남자의 한쪽 다리를 겨우 붙잡고 있었다.

경찰 승합차 한 대와 순찰차 한 대가 길 양쪽에서 거의 동시에 사이렌을 울리며 달려왔다. 경찰관 셋이 더 달려들어 남자를 제압했다. 남자는 뭐가 그리도 분한지 연신 씩씩거리며 승합차에 올라탔다.

양꼬치집 앞에는 부근의 다른 술집이나 식당에 있던 사람들과 길을 지나던 사람들까지 잔뜩 몰려들어 있었다. 몇은 스마트폰을 들고 우리의 일거수일투족을 촬영했다. 그러나 순찰차 한 대가 먼저 현장을 떠나고 남자를 태운 승합차가 뒤따라 출발하려 하자 그들은 더는 구경꾼으로 남아 있지 않았다.

— 대한민국 경찰은 술 먹고 돈 좀 안 냈다고 사람을 수갑 채워서 잡아갑니까?

중국 동포 말투의 젊은 남자가 소리쳤다.

— 조선족은 사람 아니오? 한국 사람한테도 이렇게 할 것이오?

중년 여자의 억센 목소리가 가세했다. 사람들은 승합차를 포위하듯 한 걸음 한 걸음 다가왔다. K와 내가 탄 순찰차는 승합차 몇 미터 뒤에 서 있었다. 얼굴이 사색이 된 양꼬치집 사장이 승합차로 달려갔다. 사장은 승합차의 경찰관에게 수갑을 풀어주면 안 되겠냐고 사정하는 것 같았다. 경찰관은 단호하게 거절했다. 사장은 당장이라도 울먹일 것 같은 표정을 지었다.

— 동포 여러분, 뒤로 물러나십시오. 물러나지 않으면 공무집행방해죄로 처벌받을 수 있습니다.

승합차의 경찰관이 경고 방송을 했지만 아무도 물러나지 않았다.

— 말만 동포라면서 차별하지 마시오.

한 노인이 칼칼한 목소리로 외쳤다.

— 옳소, 차별하지 마시오.

— 맞는 말이다. 풀어줘라.

사람들은 저마다 한 마디씩 거들었다. 급기야는 승합차에 달라붙어서 하나, 둘, 하나, 둘, 박자를 맞추어 흔들기 시작했다. 당황한 승합차는 무전으로 서에 상황을 보고하고 대책을 상의했다.

— 저기 사장이 한국 여자네!

박자 맞추는 소리 사이로 적의에 가득 찬 목소리가 튀어나왔다. 사람들의 시선이 일제히 양꼬치집 입구에 서 있는 사장을 향했다.

— 맞네, 저년이 경찰을 부른 거네.

— 저런 집은 확 불을 질러버려야 해.

남자 몇이 양꼬치집 쪽으로 성큼 걸음을 옮겼다.

마침 다시 무전이 울렸다. 서의 책임자는 승합차에게 수갑을 풀어주고 충돌을 피하라고 지시했다.

— 동포 여러분, 지금 수갑을 풀어주겠습니다. 진정하십시오.

승합차는 서둘러 방송했다. 창문을 열어 수갑을 풀어준 것을 확인까지 시켰다. 사람들이 서서히 길을 열어주었고 승합차는 도망치듯 골목을 빠져나갔다.

K는 지구대로 돌아와서도 한동안 순찰차에서 내리지 않고 운전대에 머리를 기댄 채 엎드려 있었다. 불현듯 요의를 느꼈지만 나도 K가 일어날 때까지 시동이 꺼진 순찰차의 깜깜한 조수석에 가만히 앉아 있었다.

†

대림동에 배치되었다는 소식을 처음 들은 순간의 절망감은 말로 표현할 수 없었다. 조선족만 산다는 가난하고 지저분하고 위험한 동네. 누구나 칼 하나쯤 품고 다닌다는 곳. 누군지 모를 배치권자가 진심으로 원망스러웠다. 그러나 정면돌파하는 것 말고는 방법이 없었다.

보란 듯이 대림역 5번 출구 부근에 있는 낙원원룸에 방을 얻었다.

상점이나 식당의 간판은 죄다 중국어로 적혀 있었다. 사람이 많이 다니는 길에는 '주취폭력은 범죄이고 범죄를 저지르면 추방될 수 있습니다' 혹은 '쓰레기 투기 금지 벌금 100만 원' 같은 글귀가 중국어와 한국어로 함께 적힌 현수막이 걸려 있었다.

중국말이 한국말보다 열 배는 자주 들렸다. 놀이터의 대여섯 살 먹은 아이들도 중국말로 떠들며 깡충거렸다. 나이 든 남자들은 심심찮게 웃통을 벗어젖히고 자랑하듯 배를 내밀고 다녔고, 젊은 남자들은 팔이나 다리에 비슷비슷한 모양의 천연색 문신을 하고 있었다. 중년 여자들의 옷차림은 장날 읍내 구경을 나온 시골 아주머니처럼 소박하고 단정했다. 젊은 여자들만 한국 여자와 차이가 없었다.

대림역 근처에는 직업소개소가 모여 있었다. A4 용지에 출력하거나 매직펜으로 적은 구인 공고가 게시판마다 빼곡히 붙어 있었다. 〈펜션부부〉 50대 월급 340 1년 내내 일함 겨울엔 곶감 말림 전주. 〈철근공〉 남 55세까지 초보 조공 기공 대림동 출발 10~24만 원 일이 많음. 〈주방 보조〉 야채 탕 끓임 전 부침 남 25~50세 H2 F4

99

합법비자 월4휴 240~260만 원. 〈비닐하우스 설치〉 일당 10만 원 월급제 숙식 제공 경기도 이천 비자 무관. 〈여간병〉 65세 이하 7.7 요양병원….

그리고 커피호프와 노래방이 있었다. 커피호프는 과장을 조금 보태면 건물마다 하나씩 있었다. 낮에 커피를 팔고 밤에 호프를 판다는 뜻인 것 같은데 이렇게 많아서야 어떻게 장사가 되는지 모를 일이었다. 커피호프 옆에는 반드시 노래방이 있었다.

혐오스러웠다. 촌스러움과 지저분함과 소란스러움도, 길거리의 담배 연기와 버려진 꽁초들도, 골목마다 무질서하게 쌓여 있는 쓰레기 더미도 끔찍이 싫었다. 강남 같은 곳에 배치되길 기대했다. 세련되고 깨끗하고 부유한 냄새가 좋았다. 대림동은 더럽고 무서웠다. 창피했다.

어릴 적 우리 식구는 난곡에 살았다. 신림동 산기슭에 있는, 서울에서 가장 큰 달동네였다. 신림역에서 버스를 타고 구불구불한 산길을 이삼십 분은 더 들어가야 했다. 버스 종점에서 산꼭대기까지 슬레이트 지붕이 계단처럼 쌓여 있었고 그 지붕들 아래 세상에서 가장 가난한 사람들 수만 명이 뒤엉켜 살았다. 좁고 삐뚤삐뚤한 골목이 거미줄처럼 이어졌고 작고 녹슨 대문들 앞에 놓인 까만색 쓰레기봉투 앞을 지날 때마다 썩어가는 음식물 냄새가 진동했다.

대림동은 그 시절을 떠올리게 해서 더 싫었다.

†

장마가 시작되려는 참이었다. 낮게 깔린 먹구름이 서에서 동으로 빠르게 이동했다. 주간근무일인 월요일 오후에 대림2동에 거주하는 스물일곱 살 동포 여성의 실종 신고가 접수되었다. 이름은 김화춘. 지난 토요일부터 직장인 커피호프에 나오지 않았고 집에도 들어오지 않았다. 신고한 사람은 화춘의 남자친구라고 했는데 토요일 아침에 화춘의 집에서 본 것이 마지막이라고 했다.

실종 사건은 서의 여성청소년과 소관이지만 간단한 조사만으로 가출로 확인되는 일이 대부분이라서 지구대에서 기초 조사를 맡기도 한다. 특이사항은 현관문 앞에서 지름 2~3센티미터 크기의 혈흔이 발견된 것이다. 하지만 그 정도 혈흔은 여러 원인으로 생길 수 있는 것이고 다세대주택의 입주민들이 오가는 길이라 검사 결과가 나올 때까지 화춘의 것이라고 단정할 수도 없었다.

사건은 K에게 배당되었고 나는 부사수가 되었다.

살인이나 납치 같은 강력사건일 수도 있었기 때문에 묘한 긴장감에 가슴이 두근거렸다. 그러나 K는 이번에도 아무런 지시나 설명을 하지 않았다. 무심결에라도 실수한 적이 있는지 기억을 더듬어보았지만 그럴 만한 일 자체가 없었다. 여자 신입이라고 대놓고 무시하는 것이 빤했다.

남자친구를 자처하는 사람이 현관 열쇠를 가지고 있어서 쉽게 집 안으로 들어갈 수 있었다. 반지하에 예닐곱 평쯤 되는 보통 크기의 원룸이었다. 한쪽 벽을 완전히 가린 두꺼운 남색 커튼을 젖히자 어깨 높이에 작은 창문이 나 있었다. 방범창이 튼튼하게 설치되어 있어서 외부에서 침입하기는 어려운 구조였다. 벽과 천장이 만나는 모서리에 곰팡이 자국이 시커멓게 번져 있었다. 매큼한 냄새가 났다.

남자의 말에 따르면 화춘은 한국에 가족이나 친척이 없었다. 그러나 적어도 친구는 있을 것이고 출입국기록을 확인해보아야겠지만 중국으로 돌아갔을 가능성도 없지 않았다. 나는 K가 방을 뒤지는 것을 멀뚱히 구경하는 대신 집 앞 골목에서 담배를 피우고 있는 남자에게 몇 가지 사실관계를 확인해보기로 했다.

남자는 미용사라고 했다. 꽁지머리에 왼쪽 앞머리

만 짧게 밀어 올려 유치하게 멋을 냈다. 나는 요즘 화춘에게 이상한 점은 없었는지, 어딜 가고 싶다는 이야기를 하지는 않았는지 물으면서, 둘이 다툰 일은 없었는지, 토요일 아침에 만나서는 뭘 했는지, 그날 미용실을 마치고는 어디서 뭘 했는지 같은 질문을 은근슬쩍 끼워 넣었다.

남자는 황당하다는 듯 목소리를 높였다.

— 지금 나를 의심하는 겁니까? 내 여자친구고, 신고도 내가 했습니다. 대한민국 경찰이 대한민국 국민한테 이래도 되는 겁니까? 내가 조선족입니까?

죄송하지만 수사 원칙이 그렇게 되어 있다고, 절대로 의심하는 것이 아니라고 달랜 끝에 대답을 들을 수 있었다. 평소와 특별히 다른 점은 없었고 어딜 간다고 한 적도 없었다고 했다. 다투기는커녕 화춘의 집에서 같이 자고 일어나서 밥도 차려 먹고, 그거도 하고, 자기는 미용실 개점 시간에 맞춰 나왔는데 화춘은 커피호프가 오후에 열기 때문에 한잠 더 자겠다고 했다는 것이다.

남자는 '그거'라는 단어를 발음하면서 짧은 시선으로 내 몸을 훑었다. 뺨을 한 대 때려주고 싶었지만 꾹 참았다.

K가 방 수색을 마쳤는지 계단을 올라왔다. 남자에

게서 들은 이야기를 전했지만 K는 대수롭지 않다는 표정이었다. 사실이 그렇기도 했다.

†

일기예보는 앞으로 2주 동안 비, 비, 비의 연속이었다. 아니나 다를까 저녁 무렵부터 부슬비가 흩뿌리더니 금세 굵은 장맛비가 쏟아졌다. 화춘이 일한다는 희망커피호프라는 데를 가보려고 처음으로 초과근무 신청을 했다. 사복으로 환복을 한 다음 K를 따라나섰다.

커피호프는 실내 구조만으로는 여느 호프집과 다를 것이 없었다. 다만 테이블과 테이블 사이에 가슴 높이로 칸막이가 세워져 있었고 벽에는 낯 뜨거운 옷을 입고 야릇한 포즈를 취한 여자 사진이 붙어 있었다. 대림동에만 있는 곳이라 뭔가 이국적인 것을 기대했건만 실망스러웠다.

손님은 한 명뿐이었다. 칸막이 너머로 중년 남자의 벗겨진 정수리가 보였고 높은 톤의 젊은 여자 목소리가 들렸다. 남자와 여자는 중국말로 대화하고 있었다.

K와 나는 카운터 바로 앞자리에 마주 보고 앉았다. 얼마 후 머리가 벗겨진 남자가 계산을 치르고 떠났

대림동에서, 실종

다. 남자는 지갑에서 만 원짜리 지폐 여러 장을 꺼내 한 장씩 세더니 몇 장을 추려서 여자에게 건넸다.

여자가 우리 테이블로 와서 K 옆에 앉았다. 따로 인사를 하지 않는 것이 서로 아는 사이 같았다. 화장이 짙었고 손톱의 선명한 파란색 매니큐어가 인상적이었다.

— 언니도 경찰이에요?

여자가 나를 빤히 쳐다보며 물었다.

— 네.

— 오빠 근무 중이구나.

여자는 입술을 살짝 내밀었다.

— 오빠, 니야오허삐쥬마? 워커이허이삥쥬마?

여자는 K에게 찰싹 달라붙어 머리를 기대고 칭얼거렸다. K가 그러라고 하자 주방으로 들어가더니 둥근 쟁반에다 맥주 작은 병 세 개와 유리잔, 스파클링와인 한 병, 마른안주가 담긴 접시를 들고 나왔다.

— 화춘이는?

K가 짧게 물었다. 여자는 손짓을 섞어가며 중국말로 한참을 떠들었다. 나는 귀머거리고 벙어리나 다름없었다. 그래도 노래방, 도우미, 보도방 같은 한국말 단어 몇 개는 챙길 수 있었다.

— 어디?

105

— 뿌지다오.

— 진짜야?

— 그럼요. 제가 오빠한테 거짓말을 하겠어요?

K는 믿지 않는다는 듯 여자의 얼굴을 계속 쏘아보았다. 여자는 결국 실토했다.

— 이름은 모르는데요. 요기 앞에 행복노래방 들어가는 데라고만 들었어요. 근데 오빠, 내가 말했다고 하면 안 돼요. 절대, 절대 안 돼요.

여자는 당부하고 또 당부했다.

행복노래방은 희망커피호프 바로 옆 건물 지하에 있었다. 장마 때문인지 노래방답지 않게 분위기가 무겁게 가라앉아 있었다. 복도 안쪽 깊은 데서 노래방 기계 반주소리와 어떤 남자의 노랫소리가 희미하게 들려왔다.

이번에는 내가 선수를 쳐서 도우미를 대는 보도방이 어딘지 물었다. 사장은 자기네는 도우미를 쓰는 곳이 아니고 보도방도 아는 데가 없다고 잡아뗐다. K가 다시 중국말로 묻자 그제야 사장도 중국말로 뭐라 길게 설명을 늘어놓았다. K의 발음이 상당히 유창했다.

나중에 알게 된 사실이지만 대림동에는 보도방이 스무 곳이 넘고 그 스무 곳 넘는 데서 거의 모든 노래방에 도우미를 공급하고 있었으므로 노래방만으로 보도방을 특정하기는 불가능에 가까웠다. 암튼 커피호프에서 얻은 정보에 따르면 화춘은 실종된 것이 아니라 노래방 도우미로 새 일을 시작한 것이었다.

하지만 화춘이 왜 그렇게 홀연히 사라졌는지는 미스터리로 남았다. 현관문 앞 혈흔의 정체도 마찬가지였다. 혈흔 검사 결과는 며칠이 지나야 나올 것이었다. 나는 K의 살짝 굽은 등을 올려다보며 노래방 계단을 한 칸씩 디뎌 올랐다.

†

출근하자마자 K가 불쑥 서류 한 장을 내밀었다. 중국인 Jin Hua Chun은 근래 출국한 사실이 없었다. 한 가지 가능성은 사라졌다. K는 보도방을 찾아보겠다며 혼자서 외근을 나갔고, 나는 지구대에 남아 민원 응대를 했다. 저녁이 되어갈수록 출동 지령이 잦아졌고 선배들은 장맛비에 흠뻑 젖은 채로 만취한 중국 동포를 한둘씩 데리고 돌아왔다.

그런데 동기들 단톡방에서 다른 지역의 이야기를 들어보면 유흥가에서 주취 사건의 빈도나 양상은 고만고만한 것 같았다. 적어도 그 점에서는 대림동이라고 특별할 것이 없었다.

　여자 하나가 지구대 문을 열고 들어오면서 나와 눈
이 마주쳤다. 낯이 익다 싶더니 희망커피호프에서 만난
여자였다. 여자를 안쪽 소파로 데려갔다. 왼쪽 눈 주변
에 화장 아래로 흐릿한 멍 자국이 나 있었고 눈꼬리도
살짝 찢어져 딱지가 앉아 있었다. 무슨 일이 있었는지
물으려 했지만 여자가 먼저 말을 꺼냈다.

　― 죄송합니다. 거짓말을 했어요.

　여자의 얼굴에는 전날의 웃음기가 쭉 빠져 있었다.

　― 무슨 거짓말요?

　― 화춘이요. 보도방에서 데려가려고 한 적 없어요.

　여자가 눈물을 쏟았다. 티슈를 몇 장 뽑아서 손에
쥐어주었다. 여자는 어깨를 들썩이며 울었다.

　― 그럼 화춘 씨는 어디로 간 건가요?

　여자가 진정하기를 기다렸다가 물었다.

　― 저도 몰라요. 그치만 그날은 남자친구가 가게
까지 와서 막 때리고, 그래서 화춘이가 밖으로 도
망을 치니까….

　여자는 말을 계속해도 되는지 허락을 구하는 듯한
표정으로 나를 바라보았다. 나는 고개를 끄덕였다.

　― 화춘이는 맨날 맞고 살았거든요. 근데 그날

은 도망을 치니까, 그 남자가 죽여버린다면서, 칼을…, 주방에서 식칼을 꺼내 들고 쫓아갔어요.

여자는 화춘의 남자친구가 무서워서 거짓말을 했다고 말했다. 눈가의 멍은 어젯밤 취한 손님에게 손찌검을 당한 것이라고 했다. 꺼림칙한 구석이 없지는 않았지만 우선 남자의 신병을 확보해야 했다. 대강의 사정을 들은 지구대장은 K를 호출하고 서에 상황을 보고했다.

서의 형사과에서 체포영장과 압수수색영장을 받아왔다. K와 나는 형사들과 동행했다. 형사들은 미용실로 가서 남자를 체포한 다음 남자가 사는 고시원으로 이동했다. 남자는 고시원으로 가는 내내 유독 내게 쌍욕과 온갖 저주를 퍼부었다. 미친년이 아무 죄 없는 사람을 모함한다고 했다. 형사들이 제지했지만 소용없었다.

남자의 고시원은 작은 책상과 싱글침대, 그리고 텔레비전이 전부인 아주 좁은 방이었다. 짐이라고는 옷가지와 미용 관련 잡지 몇 권, 게임 시디와 컴퓨터뿐이었다. 식칼은 책상의 맨 위 서랍에 곱게 모셔져 있었다.

†

근무가 끝나자 퇴근 처리를 하고 지구대를 나섰다. K가

109

검은색 우산을 쓰고 몇 걸음 앞서 걸어가고 있었다. 잠깐 망설이다가 종종걸음으로 K를 따라잡았다.

　— 퇴근하는 길이세요?

　K는 나를 돌아보더니 고개만 살짝 까딱했다. 민망했지만 K의 그런 태도에 어느새 익숙해져 있었다. 대림역 방향으로 나란히 걸었다.

　엘마트 앞을 지날 때 K가 맥주를 한잔 사겠다고 했다. 나도 대답 없이 고개만 끄덕였다. 궁금한 것이 많았고 사건 이야기도 나누고 싶었지만 자존심 때문이었다. K는 엘마트 맞은편에 있는 기쁨통닭으로 나를 데려갔다.

　예순이 넘어 보이는 사시가 심한 아주머니가 앞치마를 두른 채 주방에서 뛰어나오더니 크게 손뼉을 치며 K를 맞았다.

　— 경찰관님 오셨네요. 오늘도 장사 잘되겠다. 경찰관님은 손님을 몰고 다니시잖아요.

　아주머니의 함박웃음이 티 없이 밝았다.

　— 이분은 누구실까?

　아주머니가 나에 대해 묻자 K는 사무실 동료라고 했다.

　— 아유, 너무 예쁘셔서 경찰관님인 줄도 몰랐네. 내가 이렇게 주책이에요.

말투만으로는 중국 동포인지 한국 사람인지 구별
이 되지 않았다. 하긴 그게 무슨 상관이람. 우리는 통
닭집에 왔을 뿐이었다. K는 옛날통닭 한 마리와 생맥주
두 잔을 시켰다.

K는 술자리에서도 말이 없었다. 아주머니와 중국말
로 몇 마디 주고받을 뿐이었다. 아주머니는 중국 동포
가 맞는 듯했다. 둘 사이 대화가 끊어진 틈을 타서 용기
를 내 K에게 말을 걸었다.

— 선배님은 중국어를 어떻게 그렇게 잘하세요? 저
도 대림동에 왔으니까 빨리 배워야 할 텐데 잘 늘
질 않네요.

K는 멀뚱멀뚱한 눈빛으로 나를 보더니 무겁기만
하던 입을 열었다. 자신은 귀화한 중국 동포이고 특별
채용 형식으로 경찰에 들어왔다고 했다. 외사특채는 경
장부터 시작하기 때문에 자신도 대림동에 배치된 지 몇
달밖에 되지 않았다고 해서 더 놀랐다.

— 죄송해요.

왠지 큰 실수를 한 것 같아서 사과를 했다. 그러고
보니 K의 말투가 조금 특이했던 것 같았고 말수가 극도
로 적었던 것도 그런 말투 때문이었을 거라는 데 생각이
미쳤다. K는 죄송할 게 뭐가 있냐면서 껄껄 웃었다. K가

웃는 모습을 처음 보았다.

귀화시험에서 가장 어려운 단계가 뭔지 아냐고 K가 물었다. 나는 고개를 저었다. 애국가를 4절까지 외워 부르는 것이라고 했다.

— 3절이랑 4절 가사가 그렇게 헷갈릴 수가 없었습니다.

지금 들으니 더하고 뺄 것도 없는 완전한 동포 말투였다. 보도방을 찾았는지 묻자 별 소득이 없었다고 했다. 두 번째 잔을 비울 무렵 K가 다시 물었다.

— 대림동이라는 이름이 어떻게 만들어진 줄 아세요?

— 큰 대, 수풀 림. 큰 숲이라는 뜻 아닌가요? 오래전에 큰 숲이 있었나 보죠.

나는 뻔하다는 듯 대답했다. K는 설핏 미소를 짓더니 답을 일러주었다.

— 아뇨, 그런 게 아니고요. 행정구역을 조정할 때 신대방동의 '대' 자랑 신도림동의 '림' 자를 합쳐서 만든 이름이래요. 아무 뜻도 없는 거예요.

조금 허탈했지만 한편으로는 대림동과 잘 어울리는 이름이라는 생각도 들었다.

— 대림동은 분지예요. 아무 건물이나 옥상에 한번 올라가서 보세요. 신도림동, 신길동, 신대방동, 구

로동의 고층 아파트가 사방을 둘러싸고 있어요. 거인의 성벽처럼요. 대림동은 아파트가 거의 없잖아요. 그래서 그 성벽 바깥에 있는 사람들은 여기서 누가 뭘 하면서 어떻게 살고 있는지 보지 못하는 거예요. 존재하지만 보이지 않는 거죠. 제대로 된 이름도 없고요. 조선족, 중국 동포, 그런 이름들도 웃기잖아요.

존재하지만 보이지 않는다⋯. 나는 K의 말을 입속으로 되뇌었다.

†

기쁨통닭을 나와서 대림역 방향으로 걸음을 옮기려는데 장백마라탕 앞에 우산 쓴 사람들이 둘러서서 무언가를 구경하고 있었다. 가까이 가보니 식당 앞 인도에 중년 남자가 머리에 피를 흘리며 쓰러져 있었다. 그 옆에서 한국 말투를 쓰는 남자 둘과 동포 말투를 쓰는 남자 하나가 비를 맞으며 말다툼을 벌이고 있었다. 쓰러진 남자는 중국 동포의 일행인 것 같았다. 어찌해야 할지 고민이 되었지만 K가 지켜보고만 있었으므로 그런 태도는 내게도 끼어들지 말라는 뜻으로 읽혔다.

— 이거 정당방위야!

팔뚝이 굵은 한국 남자가 주변을 향해 소리쳤다.

— 이 사람이 우리한테 와서 먼저 시비를 걸고, 이렇게, 이렇게, 우리 형님을 확 밀쳤다고.

남자는 변명이라도 하듯 상대가 먼저 때렸다는 사실을 고래고래 떠들며 재연까지 해 보였다. 그러고 보니 식당의 손님과 구경꾼들이 모두 중국 동포였다. 사람이 더 많이 모여들수록 남자의 표정은 더 굳어졌고 목소리는 더 커졌다. 모여든 사람들의 눈빛도 심상치 않게 변해갔다.

남자가 돌연 이상한 행동을 하기 시작했다. 식당 안으로 달려 들어가서 검은색 배낭을 들고 나오더니 거기서 옷가지 같은 것을 꺼냈다.

— 내가 이 얘기는 진짜 안 하려고 했는데….

남자가 배낭에서 꺼낸 것은 감색 작업복 조끼였다. 남자는 조끼를 걸치고 지퍼를 채워 올렸다.

— 나 노조야! 노조, 노조라고!

그러자 기이한 일이 벌어졌다. 방금까지 실랑이를 벌이던 동포 남자가 움찔하며 뒤로 물러서는 것이었다. 당장이라도 남자를 두들겨 패줄 것처럼 흥분했던 군중도 순간 주춤거렸다. 남자는 코앞까지 다가와 있던 동포들에게 손가락질까지 하며 떠들었다.

— 신고해! 경찰에 신고하라고! 감히 대한민국을 우습게 알아? 대한민국 법을 우습게 아냐고?

조끼의 가슴팍에는 '한국건설노동조합'이라는 글자가 고딕체로 큼지막하게 박혀 있었다. 동포 남자들 대부분이 건설 현장에서 일한다는 사실이 머리를 스쳤다.

K가 군중을 헤치고 조끼를 향해 걸어갔다. 나도 뒤따랐다. K는 쓰러진 남자의 상태를 확인하고 나서 식당 주인에게 119에 신고했는지를 물었다. 주인은 그렇다고 했다. K는 조끼에게 신분증을 제시하며 분명한 동포 말투로 미란다 원칙을 고지했다.

— 폭력행위처벌법법상 공동상해 혐의로 현행범인 체포합니다. 불리한 진술을 하지 않을 수 있고….

조끼는 자신이 처한 상황을 전혀 이해하지 못하는 것 같았다. 조끼는 K의 가슴을 주먹으로 밀치며 소리쳤다.

— 뭐야, 짱깨 새끼가 어디서 경찰 흉내를 내고 있어?

K는 곧바로 조끼의 팔을 꺾고 바닥에 주저앉혀 제압했다. 조끼는 짧은 비명을 내질렀다.

— 공무집행방해 혐의가 추가됐습니다.

K가 조끼의 뒤통수에 대고 말했다. 누군가 박수를

치기 시작했다. 곳곳에서 환호성이 터져 나왔다.

난곡에서도 싸움은 잦았다. 전국적으로 건설 붐이 일던 시절이라 동네 아저씨들은 크고 작은 건설 현장으로 일을 다녔고 일을 마친 초저녁부터 노동에 지친 몸과 마음을 술로 씻었다. 덕분에 버스 종점 근처 술집들은 항상 시끄러웠고 매일같이 싸움이 벌어졌다. 누가 먼저 시비를 걸고 주먹을 날렸는지는 중요하지 않았다. 모두가 쌓인 화를 풀기 위해 누구라도 싸움을 걸어주기를 기다리는 것만 같았다. 밤이 깊어지면 싸움 장소는 집으로 옮겨왔다. 취한 남편의 혀 꼬부라진 고함소리와 아내의 악다구니 같은 비명소리가 얇디얇은 벽을 통과해 골목 가득 울려 퍼졌다.

긴 싸움의 밤이 지나고 새벽이 오면 골목의 남자들은 언제 술에 취하고 언제 싸움을 벌였냐는 듯 아직 해도 뜨지 않은 비탈길을 따라 줄지어 일을 나갔다. 그러면 다시 하루의 아침과 평화가 찾아왔다. 아이들은 학교에 가고, 여자들은 빨래와 청소를 하고, 노인들은 골목에 앉아서 저 아래 산 밑을 하염없이 내려다보았다.

대림동은 여러모로 난곡과 닮아 있었다. 대림동은 사방이 아파트로 둘러싸여 있고 난곡은 사방이 산으로 둘러싸여 있었다. 존재하지만 보이지 않는 것도 같았다.

대림동에서, 실종

†

문제는 며칠 뒤에 생겼다. 조끼가 K에게 제압당하는 중
에 어깨가 탈골되고 갈비뼈가 부러졌다며 청문감사실에
민원을 넣은 것이다. K는 대기발령을 받고 서의 경무과
로 배치되었다. 그러나 그날부터 지구대로도 경무과로
도 출근하지 않았다. 동료들은 이해할 수 없으리만치
무관심했다. 마치 K라는 사람이 애초에 없었던 것처럼
행동했다.

　혈흔 검사 결과가 나왔다는 연락을 받았다. 화춘의
피가 맞았다. 하지만 남자친구의 방에서 발견된 식칼에
서는 사람의 혈흔이 검출되지 않았다.

　남자는 풀려났다. 특수폭행 혐의로 입건되기는 했
지만 피해자가 사라졌으므로 수사는 진척되지 않았다.
나는 우연히라도 남자를 마주칠까 두려워서 미용실 앞
을 지날 일이 있을 때마다 다른 길로 빙 둘러서 다녔다.

　그 무렵부터 지독한 불면증에 시달렸다. 화춘은 왜
사라진 것인지, 혈흔의 정체는 무엇인지, 남자친구라는
자가 화춘을 해친 것은 아닌지, 아니면 보도방에서 어디
다 팔아넘긴 것인지, 커피호프 여자는 왜 말을 바꾸었
는지, K는 왜 출근을 하지 않는 것인지…. 답 없는 질문

들이 꼬리에 꼬리를 물며 밤새 머릿속을 헤집었다.

K에 대한 감사에 참고인으로 불려가 조사를 받았
다. K는 독직폭행에다 국가공무원법상 직장이탈금지의
무 위반까지 더해져 중징계를 받을 것이라고 했다. 조
사를 받고 나오니 6시가 넘어 있었다. 주간근무일이라
지구대로 복귀할 필요는 없었다. 비가 퍼부었고 계속
잠을 자지 못해서 쓰러질 것처럼 피곤했다. 택시를 잡고
대림동 우성아파트 사거리로 가달라고 했다.

와이퍼를 최대 속도로 작동하며 운전하던 반백의
택시 기사가 백미러로 나를 보며 말을 걸었다.

— 아가씨, 대림동 살아?

— 네?

— 조선족?

아니라고 말하려다가 질문의 의도가 괘씸해서 대답
하지 않았다.

— 보니까 한국 사람 같은데, 그래서 내가 드리는
말씀인데, 조선족 그것들 한국인 아니에요. 동포니
뭐니 하면서 한국 사람인 줄 헷갈리는 분들이 많은
데, 다 중국 사람이야. 한국이랑 중국이랑 축구 시
합하면 중국 팀 응원하는 사람들이라고. 내가 아가
씨니까 태웠지, 원래 그 동네로는 들어가지도 않고,

어쩔 수 없이 들어가도 사람 안 태우고 그냥 나와
요. 그것들 다 칼 들고 다니잖아. 뒤에서 확 찌르면
한 방에 가는 거야.

뭐라 따지고 싶었지만 너무 피곤해서인지 생각도
입도 굳어버려서 아무 말도 나오지 않았다. 그리고 어
쩌면, 택시 기사가 내 마음을 그대로 읽고 있는 것도 같
았다. 아니 나는 그렇게 생각하지 않아, 나는 그런 사람
이 아니야, 나는…. 머리가 터져버릴 것 같았다.

— 세워주세요.

힘을 쥐어짜내서 말했다.

— 어? 뭐라고요?

택시 기사는 내 말을 제대로 듣지 못했는지 되물었다.

— 세워달라고요.

— 아가씨 대림동 간다면서요?

— 세워주세요…, 세워줘요, 세워달라고요!

목소리가 높아지다가 이내 찢어졌다.

†

문래창작촌에서 고가도로를 따라 걸었다. 우산을 썼지
만 하늘에 구멍이라도 난 것처럼 쏟아지는 빗줄기에 바

지도 구두도 흠씬 젖었다. 삼사십 분을 걸어서 우성아
파트 사거리에 도착했다. 더는 걸을 수 없는 지경이었
지만 집에 들어가고 싶지는 않았다. K와 갔던 통닭집이
떠올랐다.

— 어머나, 경찰관 아가씨 오셨네.

아주머니가 한눈에 알아보고 활짝 웃으며 맞아주
었다. 옛날통닭 한 마리와 생맥주 한 잔을 주문했다. 비
때문에 손님이 없어서인지 세 번째 잔을 시켰을 때 아주
머니가 술을 가져다주며 앞자리에 와서 앉았다.

— 얼굴이 말이 아니네. 무슨 일이 있으셨나 봐요.
옷도 다 젖고.

— 그냥, 잠을 좀 못 잤어요.

— 어째요, 잠이 보약인데. 그런데 우리 경찰관님이
통 안 보이는데 어디 출장이라도 가셨어요?

그렇다고 했다. 아주머니는 인상이 선했다. 따뜻하
게 미소 짓는 얼굴이 내 술주정까지도 다 받아줄 것 같
았다.

— 사장님, 사장님은 한국 사람이에요, 중국 사람
이에요?

무례한 질문을 던졌다.

— 중국 사람이죠. 중국에서 나고 자랐고 국적도

대림동에서, 실종

중국이니까.

아주머니는 웃으며 대답했다.

— 그럼 여기서 돈 많이 벌면 중국으로 돌아가실 거예요?

벌써 혀가 꼬이는 것이 느껴졌다.

— 아니요, 내가 나이가 얼마나 많게요? 중국에 우리 손주가 둘이 있는데 고등학교 졸업하면 한국 데려와서 대학 보낼 거예요. 그러려고 열심히 사는 거예요.

— 중국엔 누가 언제 건너가신 거예요?

아주머니의 긴 이야기가 시작되었다.

— 우리 할아버지는 경상도 안동 사람이셨는데, 1910년대인가 20년대인가 젊을 적에 혁명한다고 쏘련으로 건너가셨대요. 나는 할아버지를 뵌 적이 없는데 할머니는 맨날 돌아가신 할아버지 자랑만 하셨어. … 중국으로 왔고, 할아버지 덕분에 우리 부모님은 공산당원이 됐는데 … 문화혁명 때 험한 일을 … 한국 와서는 안 해본 일이 없어요. 식당에서 양파도 까고, 한식 뷔페에서 반찬도 만들고, 파출부도 하고, 그러다가….

아주머니의 이야기를 들으며 드문드문 졸다가 그만 잠이 들었다. 깨어났을 때는 얇은 담요를 덮고 의자에 길게 누워 있었다.

　— 많이 피곤하셨나 봐요. 세상모르게 주무시더라<u>고요.</u>

　아주머니가 이제 집에 들어가야 해서 미안하지만 깨웠다고 했다. 벽에 걸린 시계를 보니 새벽 4시가 훌쩍 넘어 있어서 깜짝 놀랐다. 폐를 끼쳐서 죄송하다는 인사를 드리고 술값을 치른 뒤에 가게를 나섰다.

†

며칠 만에 비가 그어 있다. 거리는 고요하다. 깜깜한 길을 걸어 집으로 향한다. 붉은 벽돌로 지어진 오래된 다세대주택과 벽에 대리석 무늬 타일을 붙인 신축 빌라 사이로 난 골목을 지난다. 구름이 빠른 속도로 흘러간다. 구름 사이로 간간이 별들이 빛난다. 그래도 밤길은 무섭다. 어릴 적부터 무서웠고 경찰이 되고 나서도 무섭다.

　낙원원룸까지 서너 블록쯤 남았을 때 누군가 내 뒤를 밟고 있는 것을 알아챈다. 가로등 아래를 지나자 점점 길어지는 내 그림자 옆에 더 짧은 그림자가 함께 길어진다. 그림자는 발소리를 내지 않고 일정한 간격을 두고 내 뒤를 따른다.

심장 박동 소리가 귀에 들릴 만큼 커진다. 양꼬치집 무전취식자의 험악한 얼굴과 화춘의 남자친구라던 사람의 거친 욕설이 떠오른다. 최대한 겁먹은 티를 내지 않으려고 애쓰면서 집까지 남은 거리를 헤아려본다. 300미터 정도다. 남자라면 달려서는 따돌리기 어렵고 나는 달리기가 빠른 편도 아니다. 게다가 장비가 없는 상태에서 남자와 맞서는 것은 바보짓이다. 스마트폰을 꺼내 112를 누를 시간도 부족하다. 바로 빼앗길 수 있다. 소리를 질러야 할까.

신경이 온통 그림자에 쏠려 있다. 그림자는 가로등을 앞에 두면 사라지고 가로등을 지나치면 다시 나타난다. 뚜벅, 뚜벅, 뚜벅. 내 구둣발 소리와 함께 다시 그림자가 길어진다.

한 블록 남았다. 뛸 것인지 멈출 것인지 결정해야 한다. 집 앞 골목에 들어가서 대치하는 것은 더 위험하다. 교차로에 흐릿한 가로등이 하나 서 있다. 마지막 가로등이다.

그 아래 멈춰 선다. 내 그림자는 난쟁이가 된다. 뒤의 그림자는 보이지 않는다. 그림자도 멈춘 것일까. 1초가 1분처럼 길게 느껴진다. 숨이 제대로 쉬어지지 않는다.

나는 주문을 만들어 외운다.

나는 대한민국 경찰관이다. 나는 대한민국 경찰관이다. 나는 대한민국 경찰관이다. 나는 대림동 경찰관이다….

저 앞 다세대주택에서 사람 하나가 소리 없이 걸어 나온다. 빌라 현관에서도 한 사람이 걸어 나와 소리 없이 잰걸음으로 사라진다. 그 옆 단층집에서도, 맞은편 또 다른 다세대주택에서도 한 사람씩 쑥 나타나서 같은 방향으로 빠르게 걸어간다.

이제야 뒤를 돌아본다.

그림자는 어디로 사라졌는지 보이지 않는다. 대신 내가 지나온 골목에서 두세 명이 이쪽으로 걸어오고 있다. 그들이 지나가고 다시 두 명, 또 한 명이 유령처럼 내 곁을 지나쳐 간다.

키가 작은 남자들이 티셔츠나 남방을 걸치고 청바지나 체육복 바지에 운동화를 신었다. 작은 배낭을 메고 있다. 여자들은 합성섬유 재질의 얇은 원피스 또는 투피스 차림이다. 손가방을 하나씩 들고 있다. 남자들도 여자들도 발소리를 내지 않는다. 숨소리마저 내지 않고 빠른 걸음으로 더 큰 골목으로 나아간다.

나도 물결을 따라가 본다. 좁은 골목에서 흘러나온 시내가 다른 시내를 만나 개천을 이루고 10차선 도로의 인도에서 강물이 되어 전철역 입구를 향해 흘러간다.

같은 장면을 본 적이 있다. 난곡의 버스 종점에서 보았던 모습이다. 이들도 전철을 타고 혹은 봉고차에 실려 건설 현장과 공장과 식당과 빌딩과 병원으로, 그렇게 각자의 일터로 떠났다가 저녁이 되면 다시 바깥세상에서는 보이지 않는 이 도시로 돌아올 것이다.

K도 저기 어디쯤 휩쓸려가고 있는 것일까.

첫차가 들어올 시간인지 하늘에 떠 있는 대림역 2호선 역사에 환하게 불이 켜져 있다.

가리봉의 선한 사람

그래도 더 나아가, 여기는 끝이 아니야.

✝

도망치고 있었다. 시위대가 종로2가에서 3가까지 한 시간가량 장악했지만 전경대가 반격에 나서자 대오는 삽시간에 무너졌다. 페퍼포그가 쏘아대는 다연발 최루탄이 불꽃놀이처럼 하늘을 수놓았다. 거리는 새하얀 최루탄 연기로 뒤덮여 한 치 앞도 보이지 않았다. 흰색 철제 헬멧과 방독면을 착용하고 청재킷과 청바지를 입은 백골단이 연기 속에서 불쑥불쑥 튀어나와 곤봉과 쇠파이프를 휘둘렀다. 백골단은 무술 유단자들로만 조직되었다는 경찰의 사복 체포조였다. 시위대는 머리가 깨지고 팔이 부러진 채 피를 흘리며 끌려갔다. 체포라기보다 사냥이었다.

　　1991년 4월 26일 명지대생 열아홉 살 강경대가 학내 집회 중에 백골단이 휘두른 쇠파이프에 맞아 살해되었다. 그리고 4월 29일 강경대와 일면식도 없던 전남대생 스무 살 박승희가 민주자유당 해체와 노태우 정권 타도를 위한 총궐기를 호소하며 온몸에 시너를 끼얹고 분신했다. 박승희는 '지금은 열사가 아니라 전사가 필요한 때'라고 유서에 적었지만 어떤 사람들은 박승회의 말보다 행동을 따랐다. 5월 1일 안동대생 스무 살 김영균, 5월 3일 경원대생 스무 살 천세용의 분신이 이어졌다. 박승회가 제 몸을 태워 지핀 불길은 5월 한 달 동안 전국을 휩쓸었다.

연이은 분신은 원인보다 결과에 가까웠다. 민주정의당, 통일민주당, 신민주공화당의 삼당 합당으로 민주자유당의 보수대연합 체제가 출범하고 임수경과 문익환 목사의 방북 사건으로 공안정국이 조성되면서 운동 진영은 수세에 몰려 있었다. 그들은 강경대 사건을 다시 오기 어려운 반격의 기회로 생각했다. 1987년 6월 항쟁을 재연한 전민항쟁으로 정권을 무너뜨리거나 적어도 치명적인 타격을 가할 수 있으리라 믿었다. 동유럽 사회주의의 몰락과 소련의 붕괴 위기로 극심한 불안에도 사로잡혀 있었다.

고등학생운동 조직에 속했던 나는 학내에서 공개적으로 문예반 활동을, 언더 모임으로 풍물패와 독서 모임을 하고 있었다. 강경대 사건이 터지자 우리는 노태우 정권의 퇴진을 촉구하는 유인물을 제작해 10여 개 고등학교에 동시에 배포했다. 몇은 퇴학을 당하고 나는 무기정학을 받았다. 학교에서는 정학 중에도 도서관에 나와 자습을 하라고 했지만 나는 거리로 나가기를 택했다. 아버지와 마주치는 것을 피해 새벽에 집을 빠져나와 밤늦게 들어가야 하는 것만 빼면 완전한 자유의 날들이었다.

전력 질주로 종묘공원을 가로질러 골목으로 뛰어들었다. 들이마신 최루탄 연기 때문에 폐가 찢어질 듯 고통스러웠다. 백골단 둘이 뒤를 바짝 쫓고 있었다. 골목이 꺾이는 곳에서 어깨 높이의 낮은 담을 발견했다. 앞뒤 잴 것 없이 뛰어넘었다. 곧바로 몸을 최대한 웅크린 채 숨을 참았다. 몇 초 뒤 백골단의 빠른 발소리가 땅을 울리며 지나갔다. 심장이 증기기관처럼 요동쳤다. 속이 토할 것처럼 울렁거렸다.

그제야 담과 다세대주택 건물 사이 좁은 공간에 나말고도 한 사람이 더 숨어 있는 것을 알아챘다. 체구가 작은 데다 잠바를 뒤집어쓰고 있어서 사람이 있다고 생각하지 못했다. 백골단의 발소리가 멀어지자 너는 잠바를 위로 걷어 올리며 빼꼼 얼굴을 드러냈다. 야, 교복을 입고 오면 어떡해? 너는 어이가 없다는 듯 웃음을 터뜨렸다.

네 이름은 이선. 성은 이, 이름은 선인데 그냥 이선이라고 부르랬다. 나이는 동갑, 열여덟. 만화영화의 개구쟁이 주인공 같은 얼굴에 작은 편인 키, 큰 눈에 옅은

가리봉의 선한 사람

쌍꺼풀이 있고 피부는 창백했다.

우리는 담장 아래 30분도 넘게 숨어 있었다. 왜 교복을 입고 나왔어? 네가 웃음이 가시지 않은 목소리로 속삭이며 물었다. 고등학생이니까. 숨길 필요 없잖아. 좋은 점도 많아. 짭새들이 눈여겨보지 않거든. 나는 약간은 우쭐거리며 대답했다. 너는 고개를 끄덕이며 말을 이었다. 난 고등학생 아니고 노동자야. 옷 만드는 공장 다녀. 뒤통수를 한 대 얻어맞은 것처럼 놀랐다. 하지만 부러 대수롭지 않다는 듯 대꾸했다. 나도 졸업하면 공장 갈 거야. 노동자가 돼야지. 조직 선배들도 다 공장으로 갔어. 그렇구나. 너는 다시 고개를 끄덕였다. 난 대학 갈 건데…. 연극 하려고. 그래서 야학도 다니고 있어. 뒤통수를 한 대 더 얻어맞았다.

연극? 응. 노동운동도 필요하지만 난 연극으로 사람들을 변화시킬 수 있다고 생각해. 그래서 브레히트를 좋아해. 공연으로는 한 번도 못 봤지만. 브레히트는 이름은 들어보았어도 읽어본 적은 없었다. 나는 시를 쓸 거야. 박노해나 백무산처럼 노동운동하면서 시를 쓰는 사람이 되고 싶어. 와, 노동자 시인이라니, 멋진데. 네가 대견하다는 듯 내 어깨를 두드렸다. 그런데 난 박노해는 별로더라. 노동자 출신이라면서 정작 쓰는 시들은 노동자를 너무 대상화하는 것 같아. 네가 말했다. 나도 박노해는 별로. 김남주가 제일 좋아. 김남주는 나도 좋아. 우리는 처음으로 공통점을 발견했다.

골목을 나와 마주한 거리는 처참했다. 백골단에 맞서기 위해 깨어둔 보도블록 조각들만 곳곳에 초라한 무더기로 쌓여 있었다. 큰길 건너편에서는 체포된 사람들이 몸을 90도로 숙이고 앞 사람의 허리춤을 붙잡은 채 줄줄이 닭장차로 끌려갔다. 종로3가역으로 가는 인도에는 헬멧을 벗은 전경대와 백골단이 오와 열을 맞춰 빼곡히 주저앉아 있었다. 극도로 피로하고 지친 모습이었다.

너와 나는 그 사이 폭이 몇십 센티미터밖에 되지 않는 좁은 길을 기우뚱거리며 걸었다. 사복경찰들이 전철역의 출입구를 막고 서서 사람들의 가방과 주머니를 뒤졌지만 교복 입은 소년과 그 일행에게는 주의를 기울이지 않았다.

계단을 내려가는 한 걸음 한 걸음이 영화 속 슬로모션 같았다. 그러나 계단을 다 내려오자 너는 마치 연극배우처럼 우아한 동작으로 뒤로 돌아서더니, 계단 위의 사복경찰들을 올려다보며 귀청이 떨어질 듯 큰 소리로 외쳤다. 야 이 개새끼들아! 가서 노태우 똥구멍이나 핥아라! 살인정권! 폭력정권! 노태우정권! 타도하자! 나는 네가 연출한 비현실적인 상황에 얼이 빠져 있었다. 네가 손바닥으로 내 등을 세게 후려쳤다.

　뛰어. 아직은 끝이 아니야.

　우리는 개찰구를 넘어 달렸다.

†

서울서부지방법원 360호 법정. 새로 배당받은 형사 사건의 제1회 공판기일이다. 광고 모델처럼 찰랑거리는 머릿결을 가진 젊은 여자 검사가 공소장의 요지를 진술한다.

　근래 부쩍 늘어난 공공 부문 비정규직의 정규직 전환 관련 사건인데 주된 공소사실이 현주건조물방화예비라서 실형 선고가 유력하다. 신경을 곤두세우고 기록을 꼼꼼히 검토했지만 빠져나갈 구석을 찾기 어려웠다. CCTV에는 피고인이 휘발유통을 들고 건물 로비로 들어오는 모습이 선명하게 녹화되어 있었다. 피고인은 경찰과 검찰의 피의자 신문에서 시종일관 진술 거부권을 행사했다. 내가 접견을 갔을 때도 말 한마디 없었다. 민주노총 변호사라고 설명해도 마음은커녕 입도 열지 않았다. 무죄 주장은 언감생심이고 양형 변론이나마 의미가 있을지 모를 상황이다.

피고인은 가스공급공사 본사 본관 건물을 청소하는 용역회사 소속 미화원이고 민주노총 계열 산업별 노동조합의 비정규직 지부 지부장을 맡고 있다. 최초의 조선족 출신 노동조합 지부장이라고 언론에 나온 적도 있었다. 휘발유통 뚜껑을 막 열었을 때 신고를 받고 출동한 경찰에게 현행범으로 체포되었으므로 예비죄이고 재범의 우려가 충분하므로 구속 상태에서 재판을 받고 있다. 공판이 시작되자 재판장의 지시로 손을 묶은 포승줄을 풀 수 있었다. 당연하게도 피고인의 안색은 썩 좋지 않다.

　정부는 비정규직 문제를 해결하기 위해 공공기관들이 선도적으로 비정규직 노동자를 정규직으로 전환하라는 지침을 내렸다. 다만 개별 기관에게 기관이 직접고용하는 방식과 자회사를 설립해 간접고용하는 방식 중에 선택할 수 있도록 했다. 대개의 기관들은 고용 인원이 늘어나는 부담 때문에 자회사를 설립하는 방식을 선호했다. 정규직 노동조합과 노동자들도, 학벌도 스펙도 없고 채용시험도 치지 않은 비정규직이 자신들과 같은 정규직 신분을 갖는 것을 달갑게 여기지 않았다. 비정규직 노동자들은 자회사 전환이 용역 업체를 통한 기존의 간접고용과 다를 바 없다며 거세게 반발했다. 전국의 공공기관에서 파업과 충돌이 벌어졌다.

　가스공급공사의 비정규직 노동자들도 파업을 벌이며 저항했다. 공사가 자회사 설립을 통한 정규직 전환 방침을 발표하자 청소 업무를 맡고 있던 비정규직 노동자들은 본관 1층 로비를 점거하고 앰프로 노동가요를 틀고 구호를 외치며 연일 집회를 열었다. 며칠 뒤에는 사장 면담을 요구하면서 사장실까지 쳐들어가 농성에 돌입했다. 그 과정에서 경비원들과 물리적 충돌도 벌어졌다. 공사는 법원에 업무방해금지 가처분을 신청하는 한편 비정규직 노동자들을 업무방해와 주거침입 등 혐의로 고소했다. 법원은 가처분 신청을 받아들여 파업과 농성을 금지했고 경찰은 계속해서 소환장을 보내왔다.

　그럼에도 비정규직 노동자들이 점거 농성을 중단하지 않자 공사는 용역을 동원해 그들을 강제로 끌어냈다. 끌어내려는 힘센 남자들과 사력을 다해 버티는 나이든 여자들 사이에 격렬한 몸싸움이 벌어졌다. 옷이 찢어지고 집기가 부서지고 유리문이 깨지면서 사장실과 로비는 아수라장이 되었다. 여러 사람이 크고 작게 다쳤다.

　결국 건물 밖으로 끌려 나온 비정규직 노동자들은 공사 담장 밖 인도에 천막을 치고 노숙농성을 시작했다. 그러나 농성이 장기화되면서 사람들은 고립된 채로 지쳐갔다. 처음에는 한 명이, 며칠 뒤에는 두세 명이, 그리고 한 달이 지나자 절반이 넘는 사람들이 소리 소문 없이 농성장에서 사라졌다. 두 달이 지나고 나서는 지부장과 극소수의 간부들만 남았다. 농성장을 이탈한 노동자들은 공사가 새로 설립한 자회사에 모두 채용되었다. 지부장과 남은 간부들은 기존 용역 업체에서 해고되었다.

이런 사실관계는 지부장의 범행 동기를 추단할 수 있는 정황 증거가 되기에 충분하다. 게임은 시작하기도 전에 끝났다.

재판장도 심드렁한 표정이다. 두툼하고 뽀얀 피부 덕에 정확한 나이를 짐작하기 어려운 50대 남자가 내게 공소사실에 대한 의견을 진술하라고 한다. 나는 공소사실을 모두 인정한다고 한다. 달리 뭘 어쩌겠는가. 서른 전후로 보이는 배석 판사들은 졸음을 뒤집어쓴 눈빛이다. 어제도 재판 준비로 밤을 새웠을지 모른다.

방청석에는 지부장과 함께 마지막까지 농성장을 지켰던 부지부장과 사무국장이 긴장한 표정으로 법대와 피고인석을 번갈아 바라보고 있다. 노동조합 간부라고 하지만 그저 건물 청소를 업으로 삼고 있는 평범한 아주머니들이다. 지부장의 가족이나 다른 지인들은 보이지 않는다.

증거에 대한 의견도 진술하라고 한다. 모두 동의한다고 한다. 다만 피고인에 유리한 정상관계 자료를 제출할 수 있도록 한 기일의 속행을 구한다. 재판장은 양형에 관한 것이라면 참고자료로 내는 것이 어떻겠냐고 한다. 오늘 종결하고 싶어 하는 것이다. 나는 그러겠다고 한다.

검사가 일어서서 구형을 한다. 공공기관 건물을 방화하려 한 목적이 매우 반사회적이고 상당한 인명과 재산 피해를 초래할 위험이 컸던 점을 고려해 일벌백계 차원에서 법정 최고형인 징역 5년을 선고해달라고 한다.

나는 피고인이 경제적으로 곤궁하고 부양할 가족이 있는 점, 동료 근로자들의 근로조건을 개선하기 위해 노력해온 점, 평소 성정이 온화하나 한순간의 충동으로 그러한 행위에 이르게 된 점 등을 참작해 법이 허용하는 가장 관대한 판결을 선고해달라고 최후변론을 한다.

재판장은 피고인에게 마지막으로 할 말이 있으면 하라고 최후진술을 시킨다. 피고인은 아무 말이 없다. 재판장은 건조한 목소리로 변론을 종결하겠다고 한다.

저는 불을 지르러 간 게 아닙니다.

피고인이 처음으로 입을 연다. 재판장이 뜨악한 표

정을 짓는다. 주심인 좌배석도 잠이 확 달아난 얼굴이다. 나도 깜짝 놀라 피고인을 바라본다.

저는 제 몸에 불을 질러서 그 사람들에게 항의를 하러 간 거였습니다.

그게 대체 무슨 말입니까? 재판장이 짜증이 잔뜩 묻은 말투로 내 쪽을 보며 묻는다.

나는 한없이 깊고 어두운 구멍 속으로 떨어진다. 재판장이 변호인! 하고 나를 부른다. 나는 까마득한 시간을 거슬러 오른다. 그런 와중에도 무의식적으로 입을 뗀다.

피고인과 상의해서 공소사실 및 증거에 대한 의견을 다시 제출할 수 있도록 한 기일의 속행을 구합니다.

법정에서 돌발적인 상황에 처할 때 녹음기처럼 나오는 말이다.

기일은 속행된다. 피고인은 다시 포승줄에 묶여 법정 옆문으로 사라진다. 나는 변호인석에 앉아 몇 번이나 깊이 숨을 들이마시고 내쉰다.

†

시를 쓰고 싶다고 했지? 지금 쓰고 있는 거야? 네가 그렇지 않아도 큰 눈을 더 크게 치켜뜨며 얼굴을 바짝 들이밀었다. 나는 흠칫 놀라 몸을 뒤로 뺐다. 쓰고 있기는 한데…. 보여줘, 지금 갖고 있어? 지금은 없어. 습작 노트는 항상 가방에 가지고 다녔지만 부끄러워서 거짓말을 했다. 5월 초순의 어느 날이었다. 우리는 노태우 정권 퇴진을 위한 국민대회에 함께 참가했다.

그날의 시위는 대단했다. 토요일 오후인데도 시청역의 플랫폼은 아침 출근 시간대의 신도림역처럼 북적였다. 지상으로 올라오는 데만 한참 걸렸다. '택'으로 정해져 있던 플라자호텔 앞에는 한눈에도 수상해 보이는 젊은 사람들이 서로 눈치를 보며 인도와 골목을 서성이고 있었다. 흥분과 불안이 뒤섞인 표정들이었다. 전경 버스가 곳곳에 세워져 있었고 사복경찰들이 무전을 주고받으며 사람들의 동태를 살폈다. 팽팽한 긴장감이 시청 앞 광장 주변을 에워싸고 있었다.

약속된 시각이 되자 대학생으로 보이는 두세 명의 젊은 남자가 도로로 뛰어들어 팔을 크게 흔들며 지나가는 차들을 멈춰 세웠다. 그것을 신호로 인도와 골목에 움츠려 있던 수백 수천의 사람들이 일제히 도로로 달려나갔다. 전경대는 버스를 버려둔 채 퇴각했고 시위대가 순식간에 광장을 점령했다. 누군가 옴짝달싹 못하고 있는 페퍼포그 위로 올라가 전교조의 참교육 깃발을 펼쳤다. 시위대는 함성을 질렀다.

전대협, 전노협, 무슨 무슨 대학 총학생회, 무슨 무슨 노동조합의 깃발들이 새파란 하늘에 만장처럼 나부꼈다. 시위대는 수십 명씩 무리를 지어 구호를 외치고 노래를 불렀다. 그러다 모두 어깨를 걸고 종로 방향으로 행진하기 시작했다. 해체 민자당! 타도 노태우! 해체 민자당! 타도 노태우! 시위대가 외치는 구호 소리가 쩌렁쩌렁 거리를 울렸다. 몇 년 전까지 입에 담기조차 어려웠던 정권 타도, 노동해방, 사회주의 혁명 같은 급진적 요구를 담은 유인물 뭉치들이 하늘로 솟구쳐 올랐다가 바람에 날려 흩어졌다.

종로의 전경대도 모조리 철수한 뒤였다. 시위대의 수가 너무 많아서 대적할 엄두를 내지 못하는 것 같았다. 이튿날 신문을 보고 알게 된 사실이지만 20만이 넘는 사람이 나왔다고 했다. 종로3가를 지날 무렵 행진의 대열이 어디까지 이어지는지 궁금해서 전철역 출입구 지붕 위에 올랐다. 앞으로는 멀리 동대문까지, 뒤로는 종로1가까지 사람으로 가득 차 있었다. 너와 나는 제자리에서 깡충깡충 뛰었다. 다 이긴 싸움 같았다. 100미터쯤 뒤에 고등학생 대오의 깃발도 보였다. 거기 가면 반가운 얼굴들을 볼 수 있겠지만 오늘은 너와 함께 다니고 싶었다.

시위대는 늦게까지 산발적인 시위를 이어갔지만 너와 나는 7시쯤 대오를 빠져나와 명동역에서 4호선 전철을 탔다. 전철이 서울역을 지날 즈음 네가 제안했다. 시쓰기 좋은 데를 보여줄게. 이 연극에서 내게 주어진 배역은 네 말을 따르는 것이었다. 사당역에서 내려 85-1번 버스로 갈아탔다. 맨 뒷좌석에 나란히 앉았다. 버스는 봉천사거리를 지나 잠시 오르막길을 오르더니 봉천5동의 종점에 멈춰 섰다.

나는 순간 눈앞에 펼쳐진 광경에 압도되었다. 버스종점부터 저 높은 산꼭대기까지 수없이 많은 별들이 총총 반짝이고 있었다. 층층이 쌓인 집들의 창에서 새어나온 하얀색 형광등 불빛과 그 사이 군데군데 서 있는 노란색 가로등 불빛이었다. 말할 수 없이 아름다웠다.

따라와. 네가 성큼 앞장섰고 나는 뒤따랐다. 천천히 걸어도 숨이 가쁠 만큼 가파른 길이었다. 좁은 비탈길을 사이에 두고 장난감처럼 자그마한 집들이 계단처럼 이어졌다.

집들은 길 쪽으로 국민학생 책가방만 한 크기의 창을 하나씩 내고 있었다. 창문 안에서는 단출한 가족이 소박한 식사를 하고 있기도 하고, 열 살 남짓한 아이가 앉은뱅이책상 앞에 앉아 숙제를 하고 있기도 하고, 일흔 넘으신 파파할머니가 텔레비전의 오락 프로그램을 보며 배시시 웃고 있기도 했다. 산은 높고 길은 끝이 보이지 않았다. 산 중턱에서 공동수도와 공중화장실을 만났다. 발가벗은 어린아이들이 커다란 고무 물통에 들어가 물장난을 치고 있었다.

기분이 이상해. 마침내 산꼭대기에 올랐을 때 내가 말했다. 너와 나는 산 아래가 훤히 내려다보이는 가로등 아래 무릎을 당기고 앉았다. 바닥에 아무것도 깔지 않았어도 상관없었다.

그 이상한 기분을 시로 써봐. 네가 지시했고, 나는 이번에도 따를 것이었다.

나는 잠시 망설이다가 가방을 열고 습작 노트를 꺼내 네게 건넸다. 너는 가로등 불빛에 비추어 한 장 한 장 천천히 넘기며 읽었고 마지막 쪽까지 다 읽은 뒤에 노트를 덮으며 말했다. 시인이 될 것 같아. 가슴이 울렁거렸지만 티를 내지 않으려 애썼다. 계속 쓰면 좋겠어. 그런데… 네가 말을 멈췄고 나는 기다렸다.

그런데 김남주를 너무 베꼈다. 너는 한마디를 보태며 깔깔거렸다.

우리 야학에 연극패가 있는데 희곡을 써줄 사람이 필요해. 공연이 얼마 안 남았거든. 네가 해줘. 너는 내 얼굴을 바라보았고 나는 네 눈을 바라보았다. 나는 속으로 말했다. 나는 종속됐어. 노동이 자본에 종속되고 남한이 미국에 종속된 것처럼.

†

의왕에 있는 서울구치소로 지부장을 접견하러 간다. 구치소 입구에서 신분증을 맡기고 받은 출입증을 목에 걸고 접견실로 들어간다. 10분쯤 기다리니 지부장이 교도관과 함께 문을 열고 들어온다. 교도관이 문을 닫고 나간다. 접견실에는 창문이 없다.

녹색의 미결수 수의를 입은 지부장이 나와 마주 보고 앉는다. 눈가에 주름이 많다. 손에는 굳은살이 두껍게 박였다. 김연미. 48세. 나와 그리고 너와 나이가 같다. 준비해온 말들이 잘 떠오르지 않는다.

연미는 책상의 가운데쯤 되는 지점을 멀거니 내려다보고 있다. 양손은 책상 위로 올려 가지런히 모았다. 정말인가요? 내가 묻는다. 뭐가요? 연미는 착잡함과 불쾌함이 절반씩 섞인 듯한 표정으로 나를 쳐다본다. 공판정에서 했던 말씀요. 제가 거짓말할 이유가 있겠습니까? 연미가 반문한다. 중국 동포 억양이 날카롭다.

저는 지부장님의 변호인이에요. 지부장님 편이고 법률상 비밀유지의무가 있는 사람입니다. 제게는 뭐든 말씀해주셔야 하고 사실대로 말씀해주셔야 해요.

저는 거짓말 같은 거 안 합니다. 착잡함보다 불쾌함의 비중이 커진다. 나는 마음을 다듬어 여미고 전문가의 자세로 임하기로 한다.

지부장님의 죄명 중에 가장 무거운 건 현주건조물방화예비죄예요. 분신만 하려고 했더라도 그로 인해서 건물에 불이 날 수 있기 때문에 죄명이 달라지지는 않습니다. 그래도 처음부터 불을 지르려고 했던 거랑은 죄질이 다르게 평가될 수 있어서 형량에 차이가 날 수 있어요. 그러니까 지부장님이 하신 말씀이 사실이라면 그 점을 입증할 증거가 필요합니다. 혹시 분신 계획을 동료분에게 말씀하셨거나 어디 적어놓으신 것이 있을까요?

내가 질문을 하면서도 그 질문이 부조리하다고 생각한다. 당신이 정말로 자살하려고 했다는 사실을 증명하라는 셈이니까.

유서를 써놨어요. 우리 집에 가서 확인해보세요. 남편이 집에 있을 거예요. 그 사람 앞으로 적어둔 게 있어요.

이제 이유를 물을 차례다. 짐작되는 바는 있지만 정확히 확인할 필요가 있다.

지부장님, 많이 힘드셨겠지만, 그리고 죄송스러운 질문입니다만, 제가 변론하는 데 꼭 필요해서 여쭙습니다. 분신을 하시려고 했던 이유가 무엇이었을까요? 사측에 대한 분노 때문이었을까요? 나는 머뭇거리지 않고 단숨에 묻는다.

아뇨. 연미는 짧게 대답하고 다시 시선을 떨군다. 나는 기다린다.

희망이 없었어요. 다 끝났다는 생각이 들었거든요. 변호사님은 제가 어떻게 살아왔는지 모르시죠? 아니 변호사님 같은 분들은 여기 사람들이 어떻게 살아가고 있는지 잘 모르시죠? 저는요, 사는 게 정말 끔찍하게 힘들고 어려웠어요. 하지만 그래도 언제나 희망을 품고 살았어요. 노조를 하면서도, 노조를 해서 나를 구하고 다른 사람들도 구할 수 있을 거라고 늘 믿었어요. 그런데 회사에서 쫓겨나고 노조도 더는 할 수 없게 됐잖아요. 다 끝난 거잖아요. 그래서 그랬던 거예요. 누가 미워서 해치려고 했던 게 아니에요.

그치만 솔직히 말씀드리면, 나랑 같이 건물이 불타도 어쩔 수 없다고 생각했던 것 같아요. 차라리 다 불타

145

버렸으면 좋겠다고 생각했던 것도 같아요. 쓰레기 같은 사측이랑 거기 정규직들도 함께요. 그러고 보니 미웠나 보네요. 정말 미웠나 봅니다.

나는 동요하지 않고 해야 할 일에만 집중하려 한다. 정상관계에 관한 의견서를 내려면 살아온 이야기가 필요하다. 연미가 한국에 온 뒤의 일들을 시간 순서대로 묻는다. 대화가 길어지지만 변호인 접견은 시간 제한이 없다. 식당, 공장, 파출부, 비닐하우스…, 그러다 미화원이 되고 노동조합을 만들고 파업을 하게 된 이야기를 듣는다. 한국에 와서 일하다 손을 다친 뒤로 술에 중독된 남편의 이야기도 듣는다. 세부사항을 되묻고 노트에 받아 적는다.

나는 마지막 차례의 질문을 한다. 제가 서면에다 지부장님이 반성하고 있다는 말을 쓰려고 하는데 괜찮으실까요? 마음이 불편하실 수도 있겠지만 양형에 상당히 중요한 요소가 됩니다.

연미가 당황스러운 눈빛으로 나를 쏘아본다. 지금까지 무얼 들었냐고 따지는 기세다.

모두가 저희를 욕했어요. 언제는 불쌍한 비정규직이라고 하더니 저희도 정규직이 되겠다니까 주제를 모르는 탐욕스러운 자들이라고 했어요. 언제는 비정규직을 없애고 모두 정규직으로 만들어야 한다더니 말이에요. 자회사를 만들어서 채용하는 게 정규직인가요? 그런 식이면 용역회사 소속일 때도 그 회사의 정규직이었던 거잖아요.

공사는 그렇다고 쳐요. 언론도 그렇다고 쳐요. 연미는 가슴을 쥐어뜯는다. 변호사님, 민주노총 소속이라고 하셨죠? 그럼 하나만 물을게요. 민주노총은 정규직 편인가요, 비정규직 편인가요? 변호사님은 정규직 편이에요, 비정규직 편이에요?

나는 대답하지 않는다. 정규직 지부는 직접고용에 줄곧 반대하며 자회사 전환을 지지해왔을 뿐 아니라 비정규직 지부가 파업에 돌입하자 파업을 당장 중단하라는 성명까지 냈다. 하지만 산업별 노동조합은 정규직 지부를 징계하거나 제명하지 않았다. 아니 하지 못했다. 그런 일로 징계하거나 제명했다간 남아날 정규직 조직이 없을 것이었다. 나는 적어도 연미에게는, 비정규직과 연대하는 모범적인 정규직 조직들도 적지 않다는 변명을 늘어놓지 못한다. 그 변명이 거짓이 아니라고 하더라도 말이다.

1991년 5월 6일 한진중공업 노동조합 위원장 서른두 살 박창수가 의문사했다. 박창수는 다른 사업장의 쟁의행 위를 지원했다는 '제3자 개입' 혐의로 수감되어 있던 중 에 알 수 없는 이유로 머리를 다쳐 병원에 입원했는데, 안기부 직원이 7층의 병실로 찾아온 지 몇 시간 지나지 않아 1층 바닥에서 추락한 시신으로 발견되었다. 유서 도 유언도 없었다. 경찰은 부검으로 진실을 밝히겠다고 했지만 유족과 동료들은 경찰이 부검으로 진실을 덮으 려 한다고 믿었다. 노동자들은 사수대를 꾸려 24시간 영안실을 지켰다. 그러나 백골단은 25센티미터 두께의 영안실 콘크리트 벽을 해머로 부수고 들어와 유족까지 폭행하며 시신을 강탈해갔다.

5월 8일 전국민족민주운동연합, 즉 전민련에서 일 하던 스물여섯 살의 김기설이 서강대 본관 옥상에서 분 신하고 투신했다. 김기설은 며칠 뒤 유서 대필 사건의 주 인공이 된다. 정부와 언론은 자살특공대라는 것이 존재 하고 죽음을 부추기는 어둠의 세력이 유서를 대신 써주 며 자살을 부추기고 있다고 주장했다.

5월 10일 스물두 살 윤용하가 전남대에서 분신했다.

중국집 배달원과 가발공장 노동자로 살아온 윤용하는 '노동해방을 위해 목숨을 바친다'라는 유서를 남겼다.

네가 다니는 야학은 가리봉시장 귀퉁이에 있는 작은 교회 건물의 지하층을 사용했다. 건물 1층 입구에 붙은 포스터와 비치된 소식지를 통해 진보적인 성향의 교회라는 것을 알 수 있었다. 그러니 네가 다니겠지 싶었다. 물론 너는 교회에 세든 야학을 다닐 뿐이었지만 야학 선생님들이 교회 청년부의 대학생들이라고 했다.

지하층이면서도 지하 특유의 퀴퀴한 냄새가 나지 않아서 좋았다. 구석구석까지 깨끗이 청소되어 있었고 은은하고 좋은 냄새가 났다. 야학은 교무실과 두 개의 교실 그리고 교무실에 딸린 숙직실 겸 모임방으로 공간이 나뉘어 있었다. 교실로 들어가는 복도 벽에는 수업 시간표와 수련회나 발표회 같은 행사의 사진이 붙어 있었다. 작업복을 입고 안전모를 쓴 노동자가 '노동해방'이라고 적힌 깃발을 들고 있는 거친 느낌의 판화도 걸려 있었다.

두 개의 교실 중에서 넓은 곳에서, 넓다고 해봐야 열 평 남짓했지만, 그곳에서 연극패의 모임이 있었다. 너를 포함해 다섯 명이 모여 있었는데 모두 네가 다니는 공장 사람들이었다. 너는 봉제공장의 미싱사였고 중학

149

교 3학년 때 집이 어려워 학교를 중퇴하고 공장에 나가기 시작했다. 공장은 알 만한 브랜드의 옷은 다 만들고 직원이 천 명도 넘는 큰 곳이라고 했다. 작은 도서관도 하나 있었는데 야학을 다니기 전까지 거기가 네 공부방이자 놀이터였다.

깡마르고 핏기 없는 얼굴의 20대 초반 미싱사 누나, 서글서글한 눈매를 가진 20대 후반 미싱사 누나, 사람 좋아 보이고 수줍음을 많이 타는 20대 초반 재단사 형, 그리고 30대 초반의 위원장 누나가 있었다. 위원장 누나는 우리가 자신을 '위원장'이라고 부를 때마다 손사래를 쳤다. 노동조합을 만들자마자 해고되고 수배된 탓에 위원장 노릇 한 번 제대로 해보지 못했다고 했다. 하지만 키가 어지간한 남자만큼 크고 덩치가 좋은 데다 인상까지 푸근해서 누가 보아도 위원장감이었다. 해고와 수배를 당한 뒤로는 스쿠터를 몰고 담배인삼공사 지사에서 담배를 떼어다가 술집과 식당에 납품하며 생계를 유지하고 있었다.

우리 이야기로 써줘. 네가 모두를 대표해서 말했다.

그리고 하나 더, 전태일이 죽지 않는 연극이면 좋겠어.

그 말의 의미를 제대로 이해할 수 없었다. 무슨 뜻이야? 전태일은 죽었잖아.

가리봉의 선한 사람

사람들이 이렇게 계속 죽는 게 싫어. 연극이니까, 연극에서는 모든 게 가능하잖아. 연극은 있었던 일도 없게 만들 수 있고 없었던 일도 있게 만들 수 있잖아. 시간과 공간도 마음대로 넘나들 수 있잖아. 암튼, 결론은 꼭 그렇게 해줘.

네가 요구하는 게 무엇인지 조금은 알 것도 같았다. 죽음 앞까지 가지만 끝내 죽지 않는 이야기를 써달라는 것이었다. 전태일이 죽지 않는 연극….

네가 책 한 권을 내밀었다. 이 책이 참고가 될 거야. 녹색 표지에 《四川의 善人》이라는 제목과 '브레히트 戱曲選'이라는 부제가 적혀 있었고 이지적으로 보이는 남자의 사진이 인쇄되어 있었다. 네가 좋아한다는 베르톨트 브레히트였다.

길게 쓸 필요는 없어. 이삼십 분 분량이면 돼. 할 수 있지? 너는 작가잖아. 너는 또 지시했고 나는 따를 수밖에 없었다. 공연은 언제 어디서 하는 거야? 내 물음에 모두가 의미심장한 미소를 지었다. 공장에서 할 거야. 20일쯤 뒤에. 그러니 서둘러야 해.

그 교실에서 늦은 밤까지 공장의 이야기를 듣고 적었다. 날마다 이른 아침부터 한밤중까지 지긋지긋하게 미싱 타는 이야기와, 남자들만 될 수 있다는 재단사들의 유치한 자부심과, 지지리도 가난한 고향의 가족들과, 아침에 눈을 뜰 때마다 독약처럼 스며드는 죽어버리고 싶은 마음과, 버스에서 교복 입은 아이들을 마주칠 때마다 밀려오는 열등감과, 쥐꼬리만 한 월급과, 아무 때고 욱신거리는 어깨와 손목의 고질병과, 미싱 바늘에 드르륵 박힌 손가락에서 솟아나는 새빨간 핏방울과, 욕과 주먹질밖에 할 줄 모르는 못돼먹은 관리자들의 이야기를, 그러나 근무시간이면 늘 틀어놓는 라디오에서 들려오는 유행가와, 다들 같은 처지여서 위로가 되는 동료들과, 행복하다는 것이 어떤 느낌인지 처음으로 알게 해준 야학과, 노동자도 사람답게 사는 세상이 오리라는 희망과, 그 수단으로서의 노동조합에 대한 이야기를 들었다. 재단사들로 급조된 어용노조를 분쇄하고 노동조합을 되찾을 거라는 이야기도, 나름 극비 사항이라는 파업 계획도 들었다.

나는 그날 밤 집에 돌아와서 옷도 갈아입지 않은 채 네가 준 책을 처음부터 끝까지 단숨에 읽어버렸다. 날이 밝아올 무렵에는 노트를 펼치고 희곡의 개요를 짜기 시작했다. 내 방식대로.

가리봉의 선한 사람

가리봉의 단 한 사람 선한 노동자
노동의 슬픔과 고통 속에서 기도하니
신께서 내려오시어 세상을 구하라고 큰돈을 주심에
선한 사람은 불우한 이웃에게 자선을 베풀었으나
아귀들에 뜯기고 사랑에 배신당하여 거지꼴이 되
었다네

가리봉의 단 한 사람 선한 노동자
인간에 대한 혐오와 환멸 속에서 기도하니
신께서 내려오시어 위로하며 더 큰돈을 주심에
선한 사람은 인간적인 공장을 만들어 타의 모범이
되고자 하였으나
잔업 철야를 안 시키다 납기를 못 지켜 거지꼴이 되
었다네

가리봉의 단 한 사람 선한 노동자
사회에 대한 절망과 분노 속에서 기도하니
신께서 내려오시어 북돋아주시며 전보다 더 큰 돈
을 주심에

선한 사람은 법과 제도를 바르게 바꾸고자 국회의
원에 출마하였으나
경찰과 언론의 훼방으로 낙선하여 거지꼴이 되었다네

가리봉의 오직 한 사람 선한 노동자
한 번만 더 기회를 달라고 간절히 기도하였으나
신께서 이제는 진정으로 실망하시어
이곳에 더는 희망이 없다 혀를 끌끌 차시며
가리봉과 선한 사람을 버리고 하늘로 돌아가셨다네

가리봉의 선한 사람은
자신에게 마지막 남은 것을 불살라
희망을 만들려 하였으나…

결말 부분을 어떻게 처리해야 할지 마땅한 생각이 떠오
르지 않았다. 모든 비극은 죽음이나 실패로써 완성되는
데 주인공이 죽지 않고 사는 결말이라니. 물론 답은 정
해져 있었다. 노동조합, 단결투쟁…. 문제는 우리의 주
인공에게 대체 무엇으로 삶의 의지를 불어넣어 그곳으
로 이끌고 갈 것인가였다.

가리봉의 선한 사람

✝

가리봉에 다시 온 것이 30년 만이다. 가리봉은 다른 세상이 되었다. 봉제공장과 전자제품 조립공장이 가득하던 옛 구로공단에는 G-밸리라는 생경한 이름의 첨단 디지털 단지가 들어섰다. 마천루들이 빼곡하다. 가리봉역은 가산디지털단지역으로, 가리봉오거리는 디지털단지오거리로 이름이 바뀌었다. 규모가 열 배는 더 커진 패션 아울렛에는 코로나 시대에도 사람이 넘쳐난다. 네이버 지도를 열어보니 만남의 장소 역할을 하던 제일은행도, 연극 연습을 마치고 생맥주를 한잔하던 OB호프도 찾을 수 없다. 대신에 반경 몇백 미터 안에 스타벅스가 여섯 개나 생겼다.

네이버 지도에 지부장의 집 주소를 입력한다. 가리봉시장 안쪽 골목이다. 야학이 있던 교회도 사라졌다. 가리봉시장만 예전 그대로다. 키 낮고 지저분한 건물들, 허름한 옷차림으로 붐비는 길목. 여인숙과 만화방과 벌방도 몇 남아 있다. 하지만 30년 전 구로공단 노동자들이 부대끼던 거리는 중국 동포들로 가득하다. 간판은 모두 중국어로 적혀 있고 길에서 들리는 말은 중국말뿐이다.

직업소개소 앞을 지나다 구인 게시판을 들여다본다. 건설 현장, 식당 주방, 건물 청소, 파출부, 간병인을 구하는 공고들이 즐비하다. 옛날에는 직업소개소 같은 것이 없었고 공단 입구의 널찍한 게시판에 '미싱사 시다 객공 구함 경력 무관 기숙사 제공', '전자제품 조립 초보 환영' 같은 구인공고가 수십 장씩 덕지덕지 붙어 있었다. 가리봉은 여전히 바깥세상에서는 보이지 않는, 숨어 있는 노동자들의 도시다. 그런 점에서는 아무것도 바뀌지 않았다.

어렵지 않게 지부장의 집을 찾는다. 벌방을 개조해 만든 집이다. 부스스한 머리와 게슴츠레한 눈으로 술에 취해 있던 남편은 처음에는 경계하는 것 같더니만 부인의 사건을 맡고 있는 변호사라고 하니 반색하며 집으로 들인다. 중국에서는 부부가 함께 초등학교 교사를 했다고 한다. 한국에 가면 부자가 될 수 있다서 큰돈을 들여 왔는데 프레스 공장에 취직한 지 사흘 만에 손가락 세 개를 잃었다며 그 손을 내밀어 보인다. 지부장에게 대강 들었던 이야기다. 나는 지부장의 유서를 챙긴 다음 자꾸만 내 팔을 붙드는 남편을 뒤로하고 집을 나선다.

유서를 증거로 제출한다.

2주 뒤로 속행된 공판 기일이 다시 열리고 피고인

신문이 시작된다. 수사기관의 피의자신문 단계에서 피고인이 거의 진술을 하지 않았기 때문에 신문은 충분한 시간을 두고 진행된다. 검사와 변호인이 질문을 마치고 나자 재판장의 차례가 된다. 재판장은 많은 질문을 던지지 않는다.

피고인, 2021년 6월 1일 23시경 분신자살을 하려고 휘발유통과 라이터를 들고 가스공급공사 본사 본관 건물에 들어간 것이 맞습니까? 피고인은 예, 라고 짧게 대답한다. 증 제12호증 유서는 2021년 6월 1일 20시경에 피고인이 직접 작성한 것이 맞습니까? 피고인은 또 예, 라고 대답한다.

그게 전부다. 분신의 동기와 준비 과정에 대해서는 검사와 변호인이 이미 꼼꼼히 질문했기 때문이기도 하고, 대법원 판례에 따를 때 사람이 현존하는 건물에서의 분신자살은 시도만으로도 현주건조물방화미수죄 또는 예비죄의 구성요건에 해당하기 때문이기도 하다. 불을 붙이기 전에 잡혔으니 미수는 아니고 예비다.

피고인, 이따 최후진술을 할 기회를 다시 드리겠습니다만 혹시 지금 하고 싶은 이야기가 있으면 하셔도 좋습니다. 재판장은 대개의 판사들이 그렇듯 무던한 사람이다.

피고인은 잠시 뜸을 들이더니 떨리는 목소리로 말한다. 죄송합니다. 제가 큰 잘못을 저질렀습니다. 나는 잘못 들은 것이 아닌가 싶어 피고인이 앉은 증인석을 돌아본다.

제 남편이 지금 몸져누워 있습니다. 남편은 산업재해를 당해서 손가락도 세 개나 없습니다. 제가 벌지 않으면 남편도 저도 죽은 목숨입니다. 노조도 없어지고 해고까지 되고 너무나 절망스러워서 끔찍한 생각을 했습니다. 제가 잘못했습니다. 죽더라도 산에 가서 혼자 죽었어야 하는데…. 눈물방울이 뚝뚝 떨어진다.

그때 잡히지 않았으면 죄 없는 사람들을 다치게 할 뻔했습니다. 저를 붙잡아주셔서 감사합니다. 한 번만 용서해주시면 마음을 잡고 열심히 살아보겠습니다. 한 번만 용서해주세요. 완벽한 한국인 억양이다. 피고인은 흐느껴 울기 시작한다.

피고인들은 법정에만 서면 누구나 죄를 크게 뉘우치며 운다. 반드시 새사람이 되겠다고 한다. 악어의 눈물이다. 지부장의 눈물도 악어의 눈물일까? 그새 어떤 심경의 변화가 있었던 걸까?

가방에서 여행용 티슈를 꺼내 몇 장 뽑아 들고 증인석으로 가서 지부장의 손에 쥐어준다. 마음이 좋지 않다. 접견실에서 반성 이야기를 꺼내자 성을 내던 지부장의 모습이 떠오른다. 하지만 곧, 지부장의 그다음 질문이 생각난다.

제가 반성한다고 하면, 그리고 판사가 그걸 믿으면, 풀려날 수 있는 건가요?

전과가 없고 남편분도 많이 편찮으신 데다 참작될 만한 다른 사정들도 있으니까요. 반성한다고 말씀만 잘하시면 집행유예를 기대해볼 수도 있을 것 같아요.

지부장은 훌륭한 배우다. 너를 뺨칠 만큼. 나는 지부장이 왜 생각을 바꾸었는지 궁금하고 또 불안하다. 오늘은 부지부장과 사무국장이 보이지 않는다.

✝

1991년 5월 14일 강경대의 장례식이 열렸다. 강경대가 다니던 명지대에서 영결식을 마친 운구는 시청 앞 광장에서 노제를 거행한 뒤 장지인 광주 망월동으로 출발할 예정이었다. 그러나 경찰은 시청 앞 광장의 노제를 막기 위해 신촌 로터리에서 아현동으로 넘어가는 도로에 삼중의 저지선을 세웠다. 교통 차단용 바리케이드를 강철 코일로 엮어 일고여덟 겹으로 설치하고, 그 뒤에 구형

페퍼포그를, 그 뒤에 다시 청소 트레일러를 주차해 도로를 완전히 차단했다.

　시위대는 바리케이드 하나에 수십 명씩 달려들어 온 힘을 다해 도로 밖으로 밀어내보려 했지만 사람의 힘으로 그 많은 장애물을 치우기는 불가능했다. 유족과 시위대는 열 시간의 사투 끝에 장례식을 포기하고 운구를 이끌고 연세대로 들어갔다.

　분노한 시위대는 신촌과 시청, 종로와 명동으로 흩어져 시가전을 벌였다. 전투는 5월 들어 가장 치열했다. 30만의 시위대와 5만의 경찰이 도심 곳곳에서 서로를 밀어붙이고 밀려났다. 눈을 뜰 수조차 없는 최루탄 연기 사이로 불붙은 화염병들이 포물선을 그리며 날아갔다.

　장례식은 5월 18일 토요일에 재개되었다. 이번에는 서울역 광장에서 노제를 치르려 했지만 역시 경찰의 저지로 실패하고 공덕 로터리에서 진행하는 수밖에 없었다.

　그날 두 명이 더 분신했다. 서른아홉 살의 식당 노동자 이정순은 연세대 앞 굴다리 철로 위에서 몸에 불을 붙이고 떨어졌다. 보성고 3학년 김철수는 학교 운동장에서 열린 5·18 기념식 도중에 노태우 정권 타도와 참교육 실현을 외치며 불탔다. 김철수는 같은 고등학생이어서 더 충격이 컸다.

인터넷이나 스마트폰이 없던 시절이었지만 그들의 분신 소식은 시위 현장에서 건너건너 전해졌다. 나는 소식을 들은 뒤로 계속 울고 있었는데 지랄 맞은 최루탄 연기 때문인지 압도적인 슬픔 때문인지 분간할 수가 없었다. 네 눈에서도 줄곧 눈물이 흘러내렸다.

그날 밤 첫 번째 연극 연습이 있었다. 모두 참담한 심정이었지만 그럴수록 눈빛만은 파업과 연극에 대한 열의로 반짝였다. 우리의 연습실에는 조명도 음향도 없었다. 교실의 책상과 의자를 뒤편으로 밀어붙여 만든 공간이 무대였고, 전부였다. 하지만 그것으로 충분했다. 네가 말했듯이 연극에서는 모든 게 가능하니까. 좁은 무대는 가리봉의 거리도 공장의 작업장도 선거 유세장도 될 수 있었다. 빛과 소리는 우리의 상상으로 채워졌다.

그래서 결말은 어떻게 되는 거야? 희곡이 중간에서 끊겨 있었으므로 네가 물었다. 다른 사람들도 대답을 기다렸다. 나는 고개를 가로저었다. 아직 모르겠어. 주인공이 어떻게 노동운동에 뛰어들게 되는지 적절한 계기가 떠오르지 않아. 가리봉의 선한 사람은 어디서 어떻게 희망을 발견하는 걸까. 《사천의 선인》에도 그런 이야기는 없었어.

우리는 일단 연습을 진행하면서 결말에 대해 계속

고민하기로 했다. 희곡을 소리 내 읽으며 대사와 표현을 수정했다. 한 차례 다 읽은 뒤에 배역을 정했다. 주인공은 네가, 신은 위원장 누나가, 그리고 숫기 없는 나머지 셋이 다른 배역들을 나누어 맡았다.

잔업이나 철야 같은 불가피한 사정이 없으면 주말에는 오후 1시부터, 평일에는 야학 수업이 끝나는 9시 반부터 매일 모이기로 했다. 희곡은 날마다 조금씩 수정되며 살이 붙어갔다. 하지만 결말 부분은 쉽게 완성되지 못했다.

며칠 뒤, 연습을 마친 늦은 밤 위원장 누나가 내게 소주를 한잔하자고 제안했다. 너 우리 집 못 와봤지? 위원장 누나와 너는 한 집에 살고 있었다. 부모님이 걱정 안 하시면 한잔하고 우리 집에서 자고 가라. 나는 얼굴이 살짝 달아올랐지만 짐짓 아무렇지도 않은 듯 그러겠다고 대답했다.

위원장 누나와 너 그리고 나는 위원장 누나의 50시시 스쿠터를 타고 전에 너와 올랐던 봉천5동의 비탈길을 올랐다. 셋이 올라탄 스쿠터의 속도는 걷는 것과 크게 다르지 않았고 몇 번이나 핸들이 꺾이며 넘어질 뻔했다. 그럴 때마다 함께 깔깔거리며 웃었다.

'우리 집'은 산 중턱의 공동수도와 공중화장실에서

멀지 않은 곳에 있었다. 샛길을 따라 조금 더 들어가야 했지만 두어 평짜리 작은 방 두 개에 주방까지 딸린 나름 집다운 집이었다. 다만 방음이 잘되지 않아서 조용히 해야 한다고 했다. 누군가의 코 고는 소리가 바로 옆에서 나는 듯 우렁찼고 이웃집 부부싸움 소리도 대강의 사정을 알아들을 만큼 또렷이 들렸다.

몇 순배가 돌았을 즈음 위원장 누나가 낮은 목소리로 물었다. 사람들이 왜 분신한다고 생각하니? 갑작스러운 질문의 의도를 이해하기 어려웠지만 그럴수록 당연하다고 생각하는 답을 했다.

우리에게 투쟁을 호소하기 위해서잖아요. 민자당을 해체하고 노태우 정권을 끝장내는 투쟁요. 그래서 우리가 이렇게 싸우고 있는 거고요. 원진레이온에서 수백 명이 이황화탄소에 중독돼서 죽어나가도 정부는 사장만 싸고돌 뿐이죠. 노동자 목숨을 파리 목숨으로 여겨요. 노동운동가들은 하루에 한 명꼴로 구속되고 있어요. 합법적인 파업을 해도 사장이 112에 신고하면 경찰이 출동해서 모조리 체포해가죠. 지금 정부는 마르크스 말대로 부르주아지의 위원회일 뿐이에요.

위원장 누나는 내 말이 끝날 때까지 기다렸다가 천천히 입을 열었다. 그럼 분노와 희망을 주기 위해 죽고 있다는 거야? 나는 고개를 끄덕였다.

혹시 어떤 사람들이 죽고 있는지 살펴봤어? 네? 분신하는 사람들 중에 명문대생이거나 대기업 노동자가 한 명이라도 있었니? 나는 한 명 한 명을 헤아려보았다. 누나의 말이 틀리지 않았다.

나는 절망 때문이라고 생각해.

하지만…, 현실이 절망적일수록 더 간절히 희망을 꿈꾸는 법이잖아요. 더 나은 세계, 새로운 세계에 대한 희망이요. 그것 말고는 방법이 없으니까. 그리고 그 희망의 힘으로 새로운 세계로 한 걸음 더 나아갈 수 있는 거고요.

네가 말하는 새로운 세계는 사회주의를 말하는 거지? 그런데 나는 이런 식의 싸움으로는 사회주의는커녕 보수대연합조차 무너뜨릴 수 있을 것 같지가 않아. 우리 쪽 조직도 강해졌지만 적들은 훨씬 더 강해졌어. 동구권은 이미 망했고 소련은 오늘내일하고 있어. 더 중요한 건, 민중이 혁명을 원하지 않는다는 거야.

나는 적잖이 당황했다. 그때 아까부터 평소답지 않게 말없이 술잔만 홀짝이고 있던 네가 대화에 끼어들었다.

언니, 그래도 나는, 나한테는…, 희망이 필요해요. 아니라면 이런 삶을 어떻게 계속 살아갈 수 있겠어요?

나는 이론 같은 건 잘 모르지만 가난한 사람들, 노동하는 사람들이 제 몫을 누리고 평등하고 행복하게 살아가는 세상이 꼭 왔으면 좋겠어요. 그리고 그런 세상으로 가는 길에서 내가 할 수 있는 일이 있다면 하고 싶어요.

그게 연극이지? 위원장 누나가 따뜻하면서도 슬픈 눈빛으로 너를 바라보았다. 그런데 있잖아, 가난한 사람들의 희망은 늘 배신당해. 힘없는 목소리였다.

그건 잘 모르겠어요. 그래도 나는, 우리가, 이겼으면 좋겠어요. 이길 거라고 믿어요. 우리가 끝까지 함께한다면요. 네 말투는 또박또박했다. 그러고는 모두 말이 없어졌다.

우리는 심각한 토론은 그만두고 노래를 한 곡씩 돌아가며 부르기로 했다. 그때는 다들 그랬으니까. 위원장 누나와 내가 어떤 노래를 불렀는지는 잊었지만 네가 시를 읽었던 것은 기억난다. 너는 책장에서 시집을 꺼내 와서 시 한 편을 읽어주었다.

"사람이 사람을 / 사랑할 날은 올 수 있을까 / 미워하지도 슬퍼하지도 않은 채 / 그리워진 서로의 마음 위에 / 물먹은 풀꽃 한 송이 / 방싯 꽂아줄 수 있을까 / … / 햇살을 햇살이라고 말하며 / 희망을 희망이라고 속삭이며 / … / 미장이 토수 배

관공 약장수 / 간호원 선생님 회사원 박사 안내양
/ 술꾼 의사 토끼 나팔꽃 지명수배자의 아내 / 창
녀 포졸 대통령이 함께 뽀뽀를 하며 / 서로 삿대질
을 하며 / 야 임마 너 너무 아름다워 / 너 너무 사
랑스러워 박치기를 하며 / …"*

새벽 3시가 되어서야 자리를 파했다. 너는 위원장
누나의 방에서 누나와 함께 자고 내가 네 방에서 자기
로 했다. 두어 사람이 겨우 설 수 있을 만큼 좁은 주방
을 거쳐 네 방으로 건너가고 있을 때 네가 따라 나오더
니 붉게 상기된 얼굴로 내 팔을 살짝 잡고는 귀에 대고
속삭였다.

디데이가 정해졌어. 6월 1일. 공장을 점거할 거고
연극을 올릴 거야.

✝

지부장에게 징역 1년에 집행유예 2년이 선고된다. 지부
장이 풀려난다. 그러나 그다지 밝지 않은 표정이다. 부
지부장과 사무국장은 오늘도 보이지 않는다.

* 곽재구, 〈바닥에서도 아름답게〉, 《사평역에서》, 창비, 1983.

가리봉의 선한 사람

†

언니가 집에 들어오지 않았어요. 전화도 없었고요. 오늘 언니 본 사람 있어요? 연극 연습을 하러 모인 밤에 네가 초조한 목소리로 물었다. 다들 서로를 돌아볼 뿐 대답하는 사람이 없었다. 위원장 누나는 어젯밤 중요한 약속이 있다며 연습을 빠졌다. 그 뒤로 본 사람이 없었다. 붙잡힌 거 아냐? 누군가 걱정스럽게 되물었다.

잠시 후 내 머릿속에 '분신'이라는 단어가 떠올랐다. 다른 사람들의 얼굴을 보니 모두 비슷한 생각을 하는 것 같았다. 우리는 무거운 불안감에 휩싸였다. 나쁜 일은 없을 거예요. 언니는 그럴 사람이 아니에요. 네가 우리의 불안을 다독였다.

우리는 흩어져 위원장 누나를 찾아보기로 했다. 너는 집으로 돌아가서 연락을 기다렸고, 미싱사 누나들은 위원장 누나가 거래하는 식당들을, 재단사 형과 나는 술집들을 돌았다. 하지만 연락은 오지 않았고 행방도 찾을 수 없었다. 식당과 술집 들에서는 위원장 누나가 어제부터 납품을 그만두었다고 했다. 경찰서에도 가보았지만 그런 사람은 들어오지 않았고 관련된 사고 접수도 없었다고 했다. 물론 안기부 같은 곳에 잡혀간 것이라면 우리가 알아볼 방법은 없었다. 며칠이 지나도록 위원장 누나의 행방은 묘연했다.

1991년 5월 22일 전남대병원 영안실 옥상에서, 5월 18일 분신한 김철수의 고등학교 선배인 스물다섯 살 노동자 정상순이 '노동자여 투쟁하라'라는 유서를 남기고 분신했다.

5월 25일 성균관대생 스물다섯 살 김귀정이 충무로 대한극장 옆 좁은 골목에서 백골단의 토끼몰이식 진압에 동료들과 뒤엉킨 채 질식해 죽었다. 언론이 제대로 보도를 하지 않았기 때문에 성균관대생들은 '지하를 거점으로 서울을 장악하라'라는 슬로건 아래 김귀정의 영정을 들고 전철로 서울을 돌며 그 죽음을 알렸다. 너와 나는 김귀정의 시신이 안치된 백병원에 다녀왔다. 시장에서 장사를 하신다는 김귀정의 어머니는 주저앉아 숨이 막힐 듯 꺽꺽 울고만 있었다.

김귀정이 살해되었음에도 거리의 열기는 차츰 식어갔다. 국민대회에 나오는 인원은 눈에 띄게 줄었고 시위대는 대규모 집회는커녕 게릴라식 시위나 벌이다 전경대와 백골단에 쫓길 뿐이었다.

나는 학교로부터 정학 기간이 끝났으니 다시 등교하라는 통지를 받았다. 한 달 만에 나간 학교는 마치

가리봉의 선한 사람

그간의 죽음과 투쟁이 존재하지도 않았던 것처럼 평온했다. 유인물 배포에 가담했지만 운 좋게 학교에 남은 친구들은 하나같이 기가 죽어 있었다. 다시는 불법적인 집단행동에 참여하지 않겠다는 서약서를 썼다고 했다. 학생주임은 내게도 서약서를 쓰라고 했다. 거부하자 그 자리에서 한 시간 넘게 몽둥이와 구둣발로 죽지 않을 만큼 맞았다. 쓰지 않을 수 없었다.

6월 1일이 며칠 앞으로 다가왔다. 위원장 누나의 실종으로 우리는 맥이 빠져 있었다. 며칠간 연습도 하지 못했다.

그래도 연극을 올려야 해요. 네가 차분한 목소리로 말했다. 위원장 누나가 없어서 파업도 못하는데 연극이 무슨 소용이야. 재단사 형이 아프게 반문했다. 언니는 안기부 같은 데 잡혀 있을 거예요. 고문을 당하고 있을지도 몰라요. 그럴수록 우리가 언니 몫까지 싸워야 하는 거잖아요. 할 수 있어요. 계획대로 유인물을 찍고 사람들을 만나서 설득해요. 오빠는 재단사들을 맡기로 했죠? 힘을 내줘요.

우리는 파업의 구체적인 계획을 짰다. 네가 유인물의 내용을 쓰고 내가 인쇄소를 알아보기로 했다. 미싱사 누나들은 각 조의 조장들을 만나보기로 했다.

연극 준비는 어떻게 해? 내가 네게 물었다. 더 연습할 시간은 없을 것 같아. 전날 리허설만 한 번 해. 어차피 조명이랑 음향은 없고 우리 연극은 의상도 분장도 필요하지 않잖아.

마지막 장면은? 20대 후반의 미싱사 누나가 물었다. 그건 좀 더 생각해봐요. 바로 결론으로 직행해도 될 것 같지만….

이튿날 너는 아마도 밤을 새워 썼을 유인물의 원고를 내게 넘겼다. 천 부만 부탁해. 나는 학교에 배포한 유인물을 인쇄했던 곳에 맡길 생각이었다. 아무 인쇄소에나 맡겼다간 경찰이나 안기부에 신고되기 십상일 터였다. 미싱사 누나들은 조장들을 만나고 온 이야기를 들려주었다. 미싱사들은 중간 관리자들까지도 폭발 직전이었다. 파업에 들어간다면 참여하겠다는 사람이 적지 않다고 했다.

재단사 형은 11시가 넘어서야 교실 문을 열고 들어왔다. 낯빛이 까맸다. 왜 이렇게 늦었어? 누군가 핀잔을 주었다. 형은 쉽게 말을 꺼내지 못했다. 무슨 일이 있었던 것이 분명했다. 다들 형의 입만 바라보았다. 형은 한참을 머뭇거리다가 마침내 입을 열었다.

위원장 누나를 만났어.

✝

유튜브에서 부산시향이 2001년 공연한 윤이상의 〈화염 속의 천사와 에필로그Engel in Flammen mit Epilog〉를 듣고 있어. 독일에 망명해 있던 윤이상이 1994년 생전에 마지막으로 작곡한 교향시. 1991년에 분신한 젊은이들에게 바치는 곡이야.

백발의 지휘자는 장례를 주재하는 자의 표정을 하고 있어. 관악기들은 읊조리고 현악기들은 음산한 비명을 지르지. 욜로욜로욜로 뿜뿜뿜뿜뿐뿐 이이이이이 으아아아아. 망설임, 두려움. 북이 두드려지고 하프가 뜯기고 현악기들이 방정을 떨어. 윤이상도 웅숭그려 떨고 있어. 그리고 불붙어, 떨어짐. 합주가 멈추고 하프 소리가 잦아들어.

이어지는 에필로그는 어머니의 노래야. 윤이상의 마지막 제자 윤인숙이, 죽는 날까지 한국으로 돌아오지 못한 윤이상 대신 돌아와 무대에 섰어. 소복의 소프라노, 뒤에 줄지어 선 합창단. 어머니는 울지 않고 다만 경악하며 이유를 묻고 있어. 노래에는 가사가 없는데 악보를 크게 펼치고서 노래를 불러. 아아 으아아아 아아 으아아아.

윤이상은 세상을 떠나기 7개월 전에 지인인 발터-볼프강 슈파러에게 이렇게 말했대. "1991년 초 나는 한국에서 대부분 학생들로 이루어진 수많은 젊은이들이 지속적으로 시위를 하고 그 시위가 무력으로 무참히 제압되는 것을 보았습니다. … 분신으로 죽어간 젊은이들을 영웅으로 치켜세우거나 성인聖人으로 만들 생각은 없습니다. 그들의 순수한 영혼의 열정과 행동, 그리고 그럴 수밖에 없던 사정들을 우리는 기억 속에 간직해야 할 것입니다."*

하지만 윤이상이 알았던 것과 달리 젊은이들의 시위는 무력으로 제압된 것이 아니었어. 1987년 6월 항쟁은 끝내 재연되지 못했고 조직화된 학생운동과 노동운동은 사력을 다해 싸울수록 더욱 고립돼갔어. 분신한 김기설의 유서를 동료 강기훈이 대신 써주었다는 '유서 대필' 사건과 신임 국무총리로 임명된 정원식이 마지막 대학 강의를 마친 뒤 학생들에게 밀가루와 달걀 세례를 받은 '패륜' 사건이 언론에 대대적으로 보도되면서 여론은 적대적으로 돌아섰어. 한 달이 넘는 총력투쟁에 모두 서서히 지쳐갔고 시위를 주도한 사람들은 모조리 지

* 차호성, 〈윤이상과의 마지막 대화〉, 《음악과 민족》 제11호, 1996.

명수배를 당했어.

그리고 그해 겨울, 소련이 해체됐어. 많은 이들이 전향을 선언했지. 명망가들은 신문이나 잡지를 통해, 평범한 사람들은 술자리에서나마 각자의 구차한 전향서를 발표했어. 그들은 마치 사회주의 체제에 문제가 있다는 것을 이제껏 전혀 알지 못했던 것처럼, 그래서 순수한 자신들이 거짓말쟁이 친구에게 배신이라도 당한 것처럼 억울한 표정을 지었어. 전민항쟁과 사회주의 혁명 노선은 종말을 맞았어. 우파는 역사가 끝나고 자본주의 천년 왕국이 도래했다고 떠들었고 전향한 좌파들은 창피한 줄도 모르고 호응했어.

고등학생운동 조직의 선배들도 한꺼번에 공장을 나와서 마지막 학력고사를 준비했어. 이듬해부터 대학수학능력시험이라는 새로운 입시 제도가 시행될 예정이었거든. 입시 준비를 할 여건이 안 되는 가난한 선배들만 공장에 남았고 노동운동가가 아니라 그냥 노동자가 됐어.

네게 또 무슨 말을 하고 싶었더라⋯. 그런 중에도 노동운동은 계속 싸웠고 1995년에 민주노총을 세웠어. 2020년쯤에는 한국노총을 제치고 제1노총이 되기도 했어. 조합원 수는 100만을 간신히 넘을 뿐이지만 이슈가 있을 때마다 욕받이라도 되듯 오만 사람들로부터 욕을 먹어. 그래도 진보진영의 마지막 보루 역할을 하고 있어. 민주노총이 잘해서라기보다 나머지 운동조직들이 다 망해버려서 그런 것이긴 하지만.

　나는 그 뒤로 시는 못 썼고 대학에 가서 소련 역사를 공부하다가 사회과학 출판사도 차렸다가 지금은 변호사가 됐어. 양복 입고 고급 차 타는 변호사는 아니고 티셔츠에 뚜벅이로 다니는 변호사. 자가용이 없어서 대중교통을 이용하는 사람을 요즘 말로 '뚜벅이'라고 해. 레닌그라드에도 한 번 다녀왔어. 상트페테르부르크로 이름이 바뀐 뒤였지만, 백야도 봤고 일주일 동안 시베리아 횡단 열차를 타고 돌아왔어. 김남주 선생님도 뵀어. 그야말로 시커먼 농사꾼처럼 생겨서 시집에 실린 멋진 사진은 순 사기구나 싶었어. 시를 썼다는 이야기를 전해 들으신 선생님은 내 손을 꼭 잡으며 당신보다 더 나아야 한다고 격려해주셨어. 선생님은 1994년에 돌아가셨어. 1991년 5월에 죽은 사람들은 한동안 마석 모란공원 묘지에 안장돼 있었어. 마석에는 스무 번도 넘게 다녀왔을 거야. 봄에도 여름과 가을에도 눈 쌓인 겨울에도 갔어. 봉천5동은 재개발돼서 엄청 높고 커다란 아파트 단지가 들어섰어. 예전의 흔적은 돌멩이 하나 찾아볼 수 없어. 우주에 대한 책을 많이 읽었고 시간과 공간에 대해 깊이 생각했어. 너 때문이었을 거야. 오랫동안, 깨어 있을 때도 무서운 악몽에 시달렸는데 몇 달 전부터 병원에 다니면서 많이 좋아졌어. 불면증이 심해서 술을 거의 매일 마시지만 그것만 빼면 괜찮아. 이 이야기도 그 덕분에 쓸 수 있게 됐어.

이 이야기는 소설일까, 편지일까, 아니면 또 다른 무엇일까. 어떻게 마무리해야 할지 모르겠어. 그때 우리의 희곡처럼.

†

무대는 좌우로 나뉘어 있다. 왼쪽은 공사 건물의 뒤쪽 담장 앞이고, 오른쪽은 공장 건물의 뒤쪽 담장 앞이다. 양쪽 담장에는 닫혀 있는 작은 문이 하나씩 나 있고, 건물에는 창문이 하나씩 열려 있다. 왼쪽의 공사 뒷문 옆에는 키 작은 나무 한 그루가 서 있고, 오른쪽의 공장 뒷문 옆에는 빈 종이 상자 같은 잡동사니가 쌓여 있다. 왼쪽 무대에는 연미가, 오른쪽 무대에는 이선이 서 있다. 나는 '신'이라고 크게 적힌 팻말을 목에 걸고 이선의 옆에 서 있다. 무대 오른쪽 바깥에 여성 코러스 두 명이 서 있다.

— 연미: (객석을 바라보며) 조합원들이 모두 노조를 탈퇴하고 공사가 새로 만든 자회사로 들어갔대요. 마지막까지 함께했던 간부들까지 결국 배신했어요. 어떻게, 이럴 수가 있죠?

— 이선: (나를 바라보며) 위원장 언니가 어용노조로 돌아섰어. 복직해서 위원장을 맡기로 했대. 우리도 같이 가자는데 나는 싫다고 했어. 그럴 수는 없는 거야. 남은 사람들이라도 모아서 파업에 들어갈 거야. 연극도 올릴 거야. 연극은 인물을 확 줄이면 돼. 네가 신을 맡아줘.

내가 고개를 끄덕인다.

— 신: 결말은 어떻게 되는 거지?

— 연미: (절규하듯) 여기서 끝낼 수는 없어요.

— 이선: 내가 생각해둔 게 있어. 너는 그냥 내가 하라는 대로만 하면 돼.

왼쪽 공사 건물의 창문에서 누군가 얼굴을 내민다. 양복을 단정히 차려입은 정규직이다.

— 정규직: (노래한다)

청소부들이 주제를 모르고 정규직이 되려 하네

그런 일은 있을 수 없어 우리가 취준생으로 몇 년을 고생했나

공정하지 않아 정의롭지 않아 (코러스) 도대체 정의란 무엇인가

세상은 평등하지 않아 평등해선 안 돼 (코러스) 세상은 원래부터 불평등한 것

오른쪽 공장 건물의 창문에서 누군가 얼굴을 내민다. 살집이 두툼한 사장님이다.

— 사장님: (노래한다)

공순이들이 겁도 없이 파업을 하려 하네

세상 무서운 줄 몰라 백골단을 불러 묵사발을 내줄까

하지만 나는 교양 있는 사장님 (코러스) 근로자를 자식처럼 사랑하지

건전한 노조 활동을 육성하려 하네 (코러스) 건전한 어용노조를 육성해

— 정규직/사장님: (우렁찬 목소리로, 함께 노래한다)

청소부들이 / 공순이들이 감히 나의 밥그릇을 넘본다네

참을 수 없어 단 한 걸음도 물러설 수 없어

나의 것들을 지켜야 해 (코러스) 나의 것들을 지켜야 해

청소부들이 / 공순이들이 감히 정규직을 / 노동조

합을 꿈꾼다네

주제 파악 좀 해 너의 본분을 알아

여기는 나의 공사야 / 공장이야 (코러스) 나의 공사
야 / 공장이야

정규직과 사장님이 창문 너머로 사라진다.

— 연미: (잔잔히 노래한다)

우리도 여기서 10년이 넘도록 일했어

쓸고 닦고 광내고 궂은일을 다 했어

반말도 듣고 욕설도 듣고 사적인 심부름도 했지

휴게실도 없어 밥 먹을 곳도 없어 수당도 하나 없어

공공기관 최고 연봉으로 뉴스 나올 때

우리 월급은 최저임금에서 10원도 안 올랐네

(힘차게) 그래서 노동조합을 만들었어 (이선/코러스)

사람대접 받아보려고

(힘차게) 그래서 파업투쟁을 시작했어 (이선/코러스)

사람답게 살아보려고

— 이선: (잔잔히 노래한다)

커피믹스 봉지째 뜯어서 입에 털어 붓고

밤낮없이 쉴 틈 없이 미싱을 돌렸어

매도 맞고 뺨도 맞고 싹둑 머리카락도 잘렸지

식당 밥은 개밥 만성위염 관절염 월급은 30만 원

사장님은 새까만 자가용 타고 일찌감치 퇴근하시고
우린 깜깜한 밤 축 처진 걸레 되어 벌방으로 돌아
가네
(힘차게) 그래서 노동조합을 만들었어 (연미/코러스)
사람대접 받아보려고
(힘차게) 그래서 파업투쟁을 시작했어 (연미/코러스)
사람답게 살아보려고
— 연미/이선: (함께 노래한다)
몸을 던질 준비가 다 되었는데
승리가 손에 잡힐 것 같았는데
(탄식하며) 우리는 안에서 무너졌어 (코러스) 안에서
무너졌어
(눈물을 글썽이며) 실패했어 희망은 사라졌어 (코러스)
희망이 사라졌어
이선의 연극이 시작된다. 이선은 손으로 눈물을
훔친다.
— 신: 네게 세 번의 기회를 주었지만 너는 성공하
지 못했다.
— 이선: 한 번만, 한 번만 더 기회를 주세요. 이번
에는 충분히 준비가 돼 있어요.
— 신: 이미 네게 크게 실망했어. 더는 도와줄 수

없다.

— 이선: 돈은 더 주지 않으셔도 좋아요. 희망만은
가질 수 있도록 해주세요.

— 신: 음… 실은, 하늘나라의 우리 세계가 망해버
렸어. 나도 거지꼴이라 희망이고 뭐고 남아 있는 게
없구나.

이선은 눈을 크게 뜨고 신을 바라본다. 신은 하늘
로 둥둥 떠오르더니 더 높은 곳으로 점점 멀어져간다.

— 신: (소리친다) 도와주지 못해서 미안해! 너 혼자
서도 잘 해내길 빌어! 안녕! 안녕! 안녕!

신은 힘차게 손을 흔들며 인사한다. 이선은 맥없이
바닥에 털썩 주저앉는다.

내가 무대 앞으로 뛰어나와 신의 팻말을 벗고 객석
을 향해 말한다.

— 나: 신은 떠나버렸습니다. 이제 이선에게는 무엇이
남았을까요? 여러분이라면 어떻게 하시겠습니까?

그러나 객석에는 아무도 없다.

이선이 벌떡 일어나 공장 뒷문 옆의 잡동사니가 쌓
인 곳으로 가더니 숨겨둔 휘발유통을 들고 돌아온다.
왼손에 휘발유통을 들고 오른손으로 라이터를 쥔다.

연미도 공사 뒷문 옆의 나무 아래로 가더니 숨겨둔

　　　　　　　　　　가리봉의 선한 사람

휘발유통을 들고 돌아온다. 왼손에 휘발유통을 들고 오른손으로 라이터를 쥔다.

연미와 이선이 서로를 향해 고개를 돌리다가 눈이 마주친다. 깜짝 놀란다.

— 연미/이선: (동시에, 작은 목소리로) 뭘 하려는 거야?

— 연미/이선: (동시에, 고개를 반대쪽으로 돌리며) 희망이 모두 사라졌어.

나는 둘 중에 누구를 먼저 말려야 할지 망설인다. 오른쪽으로 달려가다가 왼쪽으로 달려가다가 다시 오른쪽으로 달려온다.

— 나: (여전히 아무도 없는 객석을 향해) 여러분, 알려주세요. 누구를 먼저 구해야 하죠?

나는 마음을 정한 듯한 표정이다. 이선이 있는 오른쪽 무대로 올라가려 한다. 그러나 보이지 않는 벽이라도 있는 것처럼 부딪혀 튕겨 나온다. 몇 번을 시도해도 마찬가지다. 나는 절망하며 쓰러진다.

— 나: (소리친다) 이선아, 멈춰!

이선은 내가 외치는 소리가 들리지 않는 듯 무심히 라이터를 켠다. 그것을 보고 연미도 라이터를 켠다. 나는 전화기를 꺼내 연미에게 전화를 건다. 연미의 주머니 속에서 진동 소리가 난다. 연미는 전화기를 꺼내지 않는다.

— 나: (왼쪽 무대를 향해 소리친다) 지부장님, 전화 좀 받으세요! (오른쪽 무대로 시선을 돌리며) 이선아, 제발 멈추라고!

암전.

잠시 후 왼쪽 무대에서 붉은 불꽃이 너울거린다. 오른쪽 무대는 여전히 깜깜하다.

왼쪽 무대가 서서히 밝아진다. 연미의 모습이 실루엣으로 보이다가 점점 선명해진다. 왼손에 빈 휘발유통을 들고 오른손으로 라이터를 쥐고 있다. 불길이 담장 너머로 훨훨 번지고 있다.

나는 왼쪽 무대로 뛰어 올라간다. 연미에게 달려가 몸을 잡고 흔든다.

— 나: 무슨 일을 저지른 거예요?

연미는 빈 휘발유통과 라이터를 힘없이 떨어뜨린다.

— 연미: 불을 질렀어요. 원래는 내가 죽으려고 했어요. 하지만 그건 잘못된 것 같았어요. 복수를 했어요.

왼쪽 무대가 다시 깜깜해진다. 연미의 모습도 나의 모습도 불길까지도 어둠 속으로 숨는다.

오른쪽 무대가 서서히 밝아진다. 네가 아까 그 자

세 그대로 서 있다. 왼손에 휘발유통을 들고 오른손으로 라이터를 쥐고 있다.

희미한 조명이 나를 비춘다. 내가 울먹이며 네게 간절히 호소한다.

— 나: 그래도 더 나아가, 여기는 끝이 아니야.

이제야 네가 나를 바라본다. 네가 고개를 가로젓는다. 휘발유통과 라이터를 다시 꽉 움켜쥔다.

내가 몇 걸음 뒤로 물러섰다가 오른쪽 무대를 향해 몸을 던진다. 그러나 또다시 강하게 튕겨 나와 바닥에 쓰러진다.

— 나: (아무도 없는 객석을 향해, 다짐하듯) 아니야, 이건 연극이야. 연극이니까 불가능한 건 아무것도 없어. 나는 너를 만날 수 있어.

나는 보이지 않는 벽 앞에 가서 선다. 주먹으로 치고 또 친다. 온 힘을 다해서 수십 번 반복해서 친다. 주먹이 깨지고 피가 흐르지만 멈추지 않는다. 마침내 보이지 않는 벽의 가운데 부분에 조그만 틈이 생긴다. 거기두 손을 집어넣고 바깥쪽으로 마구 잡아 뜯어낸다. 보이지 않는 벽이 한 조각 한 조각씩 뜯겨 바닥에 떨어진다.

나는 한 번 더 몇 걸음 뒤로 물러섰다가 심호흡을 크게 한 다음 오른쪽 무대를 향해 몸을 던진다.

요란한 소리와 함께 보이지 않는 벽이 깨어진다. 내가 오른쪽 무대 위에 쿵 떨어진다. 나는 곧바로 일어나 네 앞에 선다.

네가 깜짝 놀라 뭐라 말하려 하지만 내가 네 두 손을 꼭 움켜쥔다. 휘발유통과 라이터가 바닥에 떨어진다.

내가 너를 깊이 끌어안는다.

네가 울음을 터뜨린다.

나는 너를 아무 말 없이 한참 끌어안고 있다.

긴 암전.

막이 내린다.

가리봉의 선한 사람

코로나 시대의 사랑

외로움이야말로 만악의 근원이다. 역사학 박사과정이던 예전 남자친구는 히틀러도 외로워서 전쟁을 벌이고, 스탈린도 외로워서 대숙청을 하고, 마오쩌둥도 외로워서 대약진운동을 시작했을 거라고 말한 적이 있다.

†

— 이상희 변호사님이시죠? 미래일보 김덕련 기자라고 합니다. 트라이앵글타워 사건을 취재하고 있는데, 몇 가지 여쭤보려고요.

재택근무를 하는 중이다. 코로나 때문에 매주 이틀씩 재택근무를 한다. 재택근무 날은 한결 마음이 편하다. 사람들과 어울리기를 썩 좋아하지 않아서다. 아니, 사실은 싫어해서다.

— 가처분 사건을 맡고 계신 걸로 아는데요. 엘제이아이가 가처분으로 뭘 요구하는 건가요?

— 피케팅 때문에 소음이 크고 통행에 방해가 돼서 업무에 지장을 초래하니까 피케팅을 금지해달라는 거예요.

— 노동자들이 헌법상 노동3권을 행사하는 건데 그걸 금지할 수 있나요?

— 직접 근로계약을 맺고 있는 사업주의 사업장이라면 문제는 간단한데, 이번 사건처럼 용역 업체를 통한 간접고용의 경우는 일률적으로 말하기가 어려워요. 법원은 기본적으로 간접고용 노동자들도 자신이 일하는 사업장에서 쟁의행위를 할 권리가 있다고 보고 있어요. 원청도 일정한 범위 내에서 수인할 의무가, 그러니까 참을 의무가 있다는 건데요. 그 일정한 범위라는 게 문제예요. 정당한 쟁의행위인지 아닌지는 법정에 가서야 판가름 나는 거죠.

— 이번 사건은 어떤가요? 법원이 가처분 신청을 받아들일까요?

— 그건 모르죠.

— 어림잡아 퍼센티지로 말한다면요?

— 몰라요. 판사가 판단할 문제라서.

— 속 편하시네요.

비아냥거리는 말투다.

— 진짜로 모르는 거예요. 피케팅의 원인과 목적이 뭔지, 원청에게 어느 정도 책임이 있는지, 소음을 얼마나 발생시키는지, 통행 방해가 있는지, 업무에 어떤 지장을 얼마나 초래하는지 같은 부분들을 다 살펴봐야 해요. 그런데 전 아직 사건 파악도 제대

로 못한 상태고요. 그리고 저희는 승패를 퍼센트로 말씀드리지 않습니다. 최선을 다할 뿐이에요.

화를 내는 대신 빠른 말투로 설명하지만, 그는 내가 화를 내고 있다고 생각할지도 모르겠다.

— 죄송합니다. 제가 법률 쪽은 잘 몰라서….

그가 곧바로 태도를 바꾸어 사과한다.

— 궁금한 게 생기면 또 연락드려도 될까요? 이번 사건을 계속 취재해보고 싶어서요.

미래일보는 극우까지는 아니지만 중도보수쯤 되는 성향의 일간지라서 전화로 인터뷰하는 것조차 껄끄럽다. 부디 다시 전화가 걸려오지 않기를 바라지만, 한편으론 노조의 싸움이든 재판이든 언론 보도는 큰 힘이 된다. 미래일보처럼 영향력 있는 중앙 언론사라면 더욱 그렇다. 조합원들은 기사를 읽고 힘을 얻고, 투쟁이 널리 알려져서 지지도 모을 수 있고, 판사도 적잖이 영향을 받는다. 판사도 사람이고 뉴스를 보니까.

†

국내 굴지의 재벌 엘제이아이 그룹은 본사 사옥인 트라이앵글타워를 비롯해 그룹이 소유한 빌딩들의 청소 업무를 회장의 사촌누나가 소유한 수지기업이라는 용역업체에 위탁했다. 수지기업은 10년 넘게 수의계약을 체결해 업계 평균보다 훨씬 많은 용역비를 지급받았고, 덕분에 사촌누나는 매년 수십억 원의 배당금을 챙길 수 있었다.

수지기업을 통해 간접고용된 청소노동자들은 정확히 그해의 최저임금을 받았다. 회사는 점심시간을 1.5시간으로 쳐서 주 5일 동안 37.5시간을 근무한 것으로 하고, 주당 법정 근로시간인 40시간에서 37.5시간을 빼고 남은 2.5시간을 두 주 모아서 격주로 무급 토요일 근무를 시켰다. 청소노동자들은 휴게 장소가 따로 없어서 화장실이나 입주업체의 탕비실에서 식사를 하고 짬짬이 휴식을 취했다. 특별수당이나 격려금 같은 것들은 관리자들의 뒷주머니로 들어갔다. 대개 60세 정년을 넘긴 아주머니들은 해마다 재계약을 했기 때문에 그런 편법과 갑질을 묵묵히 감내하는 수밖에 없었다.

노조가 생기자 무급 토요일 근무와 수당 횡령 같은 문제는 곧바로 해결되었다. 그러나 노조가 단체협약과 임금협약 체결을 요구하자, 수지기업은 몇 달간 교섭을 질질 끌면서 결렬을 유도했다. 아주머니들은 매일 점심시간과 저녁시간에 1층 로비에서 '단체교섭에 성실히 임하라', '생활임금 보장하고 정년을 연장하라', '진짜 사장 엘제이아이가 나와라' 같은 문구가 적힌 피켓을 들고 침묵시위를 시작했다. 엘제이아이는 법원에 업무방해금지 가처분을 신청했다. 아주머니들은 산별노조 법률원인 우리 사무실에 사건을 맡겼고, 내가 담당 변호사로 지정되었다.

가처분 사건은 싱겁게 끝났다. 법원은 아주머니들이 정당한 쟁의행위를 하고 있으므로 수지기업은 물론이고 원청인 엘제이아이에게도 수인할 의무가 있다고 판단했다. 수지기업은 별수 없이 다시 교섭 테이블로 나왔다. 노조와 수지기업은 기본합의를 체결했고, 다음 주인 11월 말부터 단체협약 체결을 위한 집중교섭에 들어가기로 했다.

†

집중교섭이 있는 날도 재택근무를 하고 있다. 노조 법률원 소속이라고 해도 변호사와 현장의 거리는 멀기만하다. 변호사들은 사건을 수행하느라 바빠서 정작 현장에는 잘 가보지 못한다. 그래도 코로나만 아니라면 상황 파악도 할 겸 한 번쯤은 들렀을 텐데 시국이 시국이

니만큼 엄두가 나질 않는다.

몇 달 전 새로 이사 온 아파트는 열 평 남짓할 뿐
인데도 짐이라고 할 만한 것이 별로 없어서 그런지 휑하
기만 하다. 텅 빈 벽이 안쓰러워서 그림이라도 하나 사
서 걸어두고 싶었지만 한 달 두 달 계속 미루고만 있다.
발코니가 앞 동과 바짝 붙어 있어서 암막 커튼을 쳐두
었더니 낮에도 불을 켜지 않으면 밤처럼 깜깜하다.

저녁 8시쯤 업무를 마무리하려는 참에 두 번째 전
화가 걸려온다.

— 교섭이 결렬됐어요.

노조보다 먼저 기자에게 소식을 듣는다.

— 엘제이아이가 수지랑 청소용역 계약을 종료
한대요.

예상치 못한 일이다. 물론 수지기업은 엘제이아이
그룹이 소유한 다른 빌딩들의 청소용역도 맡고 있으니
트라이앵글타워 하나를 잃는 것만으로는 큰 손해가 아
닐 수 있다.

— 이제 어떻게 되는 건가요? 아주머니들이 일자리
를 잃는 건가요?

— 아직은 몰라요. 청소 업계에는 고용승계 관행이
라는 게 있어요. 용역 업체들은 자체 청소 인력을

갖고 있지 않기 때문에 새로 용역 계약을 따내도 신규 채용을 하지 않고 기존에 일하던 사람들을 그 대로 승계하거든요.

— 법으로 규정된 건가요?

— 아뇨. 법으로 정해진 건 아니라서 관행이라고 하는 거예요. 하지만 거의 100퍼센트 그래요. 그래 서 용역 계약 종료만으로 해고될 거라고 예단하기 는 일러요. 충분히 우려되는 상황이긴 하지만요.

상황이 급박하게 돌아간다. 하지만 우선은 지켜보 는 수밖에 없다.

발코니에 나가서 암막 커튼을 빼꼼히 열고 밖을 내 다본다. 앞 동의 집들은 모두 불을 환하게 켜고 있다. 성냥갑처럼 차곡차곡 쌓인 거실마다 식사를 하거나 소 파에 앉아서 텔레비전을 보는 사람들의 모습이 또렷하 다. 누가 이쪽으로 고개를 돌리는 것 같아서 화들짝 놀 라 커튼을 닫는다.

†

오늘은 밤 9시가 넘어서 전화가 걸려온다.

— 어쩐 일이세요? 이 시간에.

— 너무 늦었나요? 하하하. 죄송합니다. 그냥 변호
사님이랑 통화하고 싶어서요.

— 네? 왜죠?

당황스럽다. 대충 둘러대고 전화를 끊으려 한다.

— 제가 지금 다른 일을 하고 있어서요. 급한 일이
아니면 내일 낮에 통화하시죠.

— 흐흐. 농담이었습니다. 기사 쓰다가 급하게 의
견을 구할 게 있어서요.

그래도 무례하다. 늦은 시각에 무턱대고 전화라니.

— 취재를 좀 해보니까, 엘제이아이가 수지에 일감
을 몰아주고 업계 평균보다 상당히 많은 용역비를
줘왔더라고요.

— 그건 알고 있어요.

— 이게 공정거래법상 부당지원행위에 해당하진 않
을까요?

— 저희도 검토해봤는데, 공정거래법위반으로 보기
는 어려울 것 같아요.

— 그런가요? 그래도 그런 사실 자체를 기사로 내
보내는 데 법적인 문제는 없겠죠?

— 직접 취재하신 내용이니까, 확인된 사실관계를
중심으로 쓰시면 문제는 없을 거예요. 명예훼손적

인 표현이라도 진실한 사실이고 공공의 이익에 관한 것이면 위법성이 조각되거든요.

— 고맙습니다. 이렇게 아무 때고 물어볼 변호사님이 계셔서 너무 좋네요. 하하.

아무 때고라니…. 지나치게 거리낌이 없다. 나 같으면 이 시간에 전화 걸 생각은 하지도 못할 거고 이렇게 천연덕스럽게 능청을 떨지도 못할 거다.

†

엘제이아이와 수지기업의 특수관계에 관한 덕련의 기사가 포털사이트의 주요 뉴스에 종일 올라와 있다. 엘제이아이는 즉시 대응 성명을 낸다. 특혜는 없었지만 오해를 피하기 위해서 회장의 사촌누나가 소유한 수지기업의 지분을 전량 매각하겠다는 내용이다.

    — 특수관계를 스스로 인정하는 셈 아닌가요? 회장 사촌이 다른 회사 지분을 매각하는 걸 왜 엘제이아이가 발표를 합니까? 하하.

    오늘도 전화는 9시쯤 걸려온다. 반쯤은 포기한다. 용무가 없는 것도 아닌 데다, 일찍 전화하면 안 되겠냐는 말이 입에서 잘 떨어지질 않는다. 성격 탓이다. 소심

한 데다 자존감이 낮아도 너무 낮다.

— 변호사님은 왜 노조 법률원에서 일하게 되셨어요? 고생은 고생대로 하고 돈은 많이 안 준다고 들어서요.

업무를 벗어난 질문이다.

— 네?

— 그냥 궁금해서요. 하하.

— 그러는 기자님은 왜 이 사건을 취재하고 있는데요? 그것도 잘나가는 미래일보 다니시면서요.

— 사실은… 이런 말씀 드리는 건 좀 그렇지만, 아버지가 예전에 용역회사를 하셨어요.

— 아버지께서요?

— 네. 언젠가 아버지가 일하는 곳에 가봤는데 청소노동자분들이 너무 힘들게 일하고 계신 거예요. 대우는 뭐, 말할 것도 없고요. 충격이었어요. 부끄러웠고요. 저희 가족이 그분들 몫을 뺏어서 풍족하게 살고 있다는 생각이 들었거든요. 그래서 대학 다닐 때 친구들이랑 학교 청소노동자분들 투쟁하시는 데 연대활동도 좀 세게 하고 그랬어요. 덕분에 아버지랑은 원수지간이 됐지만요. 흐흐.

역시 업무를 벗어난 대답이다. 약간은 의외이기

도 하다.

— 그러다 취직할 때가 되니까 남들처럼 살고 싶진 않고 그렇다고 노동운동 같은 거 할 용기까진 없어서 기자가 된 거예요. 그땐 나쁜 놈들 나쁜 짓 하는 것도 다 까발리고, 어려운 사람들도 도울 수 있겠다고 생각했는데, 순진한 생각이었죠. 하하. 얼마 전까지 경제부에 있었는데요. 대기업 신제품이랑 오너들 선행이랍시고 흉내 내는 거 홍보하는 기사만 주구장창 써댔어요. 이번에 사회부로 옮기자마자 트라이앵글타워 사건이 터졌는데 이건 꼭 쓰고 싶더라고요. 데스크한테 사표 쓴다고 협박해서 겨우 허락받았습니다. 흐흐.

잘 웃는다. 그리고 어쩌면, 좋은 사람일 수도 있겠다. 그렇다고 뭐가 달라질 건 없겠지만.

— 특별한 이유는 없었어요. 변호사시험 붙고 여기저기 지원을 했는데 제일 먼저 연락 온 데가 법률원이었어요. 규모가 작아서 더 좋기도 했고요.

— 작은 곳이라서요?

— 전 그랬어요.

사람이 싫고 무섭지만, 외롭다고 느낄 때도 있다. 오래 사귀었던 남자친구는 어느 날 아무 말도 없이 사

코로나 시대의 사랑

라졌다. 왜 그랬을까. 이유라도 말해주었으면 좋았을 텐데. 나빴다. 그것도 아주 많이.

†

트라이앵글타워의 새로운 청소용역업체로 선정된 회사가 인터넷 구인 사이트에 '○○명' 규모의 신규 채용 공고를 낸다. 기존의 청소노동자들을 고용승계하지 않겠다는 의미다.

　　노조는 전면파업에 들어간다. 연말이 가까워지고 있다. 아주머니들은 로비를 점거하고 24시간 농성을 시작한다. 노동가요를 부르고 구호를 외친다. '노동조합 가입하니 집단해고 노조파괴, 진짜 사장 엘제이아이가 고용승계 보장하라!' '비정규직도 인간이다, 노동3권 인정하라!'

　　대개 덕련의 기사에서 읽은 것들이다. 현장의 상황은 노조에서 전화나 메신저로 알려주는 것보다 덕련의 기사가 훨씬 생생하게 전해준다. 덕련은 전면파업이 시작된 날 아예 농성장에 합류한다. 아주머니들과 같이 먹고, 같이 자면서 기사를 쓴다.

　　— 식사랑 샤워 같은 건 어떻게 해요? 세탁은요?

— 밥은 도시락 먹고, 샤워는 못하죠. 화장실에서 세수만 간단히 해요. 속옷 같은 것도 화장실에서 빨고요. 로비에 빨랫줄 걸고 아주머니들 속옷 쫙 널어놓으니까, 엘제이아이 쪽 사람들이 기겁을 하던데요. 하하.

— 회사에서 들어가 보라고 한 거예요?

— 당연히 제가 들어온다고 했죠. 흐흐. 지난번 기사가 나름 특종이고, 다른 기사들도 클릭 수가 제법 나오니까 데스크도 별말 못하더라고요. 그나저나 법적으로 대응할 방법은 전혀 없는 건가요? 아주머니들은 물러날 생각이 없어 보이세요.

— 원하청이 서로 간에 용역 계약을 갱신하지 않기로 한 거고, 새로 들어오는 용역업체도 법적으론 고용승계 의무가 있는 게 아니라서요. 결국은 부당노동행위, 그러니까 사측이 노동조합 활동을 방해하거나 노조를 파괴하려는 목적에서 그런 행위를 했다는 걸 밝혀야 하는데, 그것도 만만치가 않아요. 법원은 사용자가 부당노동행위 의사를 가지고 있다는 사실을 노동자나 노조 측에 입증하라고 하고 있거든요. 입증책임을 노동자와 노조 측에 지우고 있는 거죠.

코로나 시대의 사랑

— 의사를 입증하라니, 아니, 사람 마음이 그렇게 쉽게 겉으로 드러나 보이는 건가요?

— 그래서 우리끼리는 부당노동행위가 유니콘처럼 상상 속 동물 같단 얘기도 해요. 워낙 인정받기 어려워서요. 노동청이나 검찰도 수사에 적극적이지 않고요.

— 이번은 명백하잖아요. 노조 만드니까 용역 계약 종료하고, 고용승계 거절해서 다 해고하고….

그의 목소리가 높아진다. 미래일보 기자한테 이런 소리를 듣다니 조금은 우스운 상황이다.

— 저희도 법리랑 사실관계를 꼼꼼히 살펴보고 있어요. 어떻게든 걸어봐야죠.

— 네…. 잘 부탁드려요.

노조 간부라도 되는 것 같다. 하긴 농성장에 들어간 지 벌써 사흘째다.

— 낮에는 집회만 하면서 보내나요?

— 어떻게 종일 집회만 해요? 춤도 추고, 게임도 하고, 사는 이야기도 하고 그래요. 아주머니들은 집에 안 가니까 남편이랑 자식들 끼니 안 챙겨도 되고 빨래랑 청소도 안 해도 돼서 너무 편하고 좋으시대요. 하하.

엘제이아이는 무시로 일관한다. 아마도 용역 계약

기간이 만료되는 12월 31일을 기다리고 있을 거다. 용역 계약이 종료되면 트라이앵글타워는 원청 사업장이 아니게 되고, 엘제이아이는 원청의 수인의무에서 벗어날 수 있기 때문이다. 그러면 아주머니들의 농성은 정당한 쟁의행위가 아니라 단순한 불법점거가 된다.

†

엘제이아이는 정확히 12월 31일 자정을 기해서 로비의 모든 출입문을 봉쇄하고 전기와 난방을 끊는다. 아주머니들은 냉골에서 벌벌 떨며 밤을 새운다.

출입문이 봉쇄되면서 도시락 반입도 차단된다. 1월 1일 아침이 밝자 아주머니들을 돕기 위해 달려온 노동자와 학생 들이 로비로 들어가는 회전문을 있는 힘껏 밀어보지만, 엘제이아이는 수십 명의 경비 용역을 동원해 막아낸다. 회전문을 사이에 두고 양측의 대치가 계속된다.

— 상희 씨! 저 새끼들이 전기랑 난방을 끊더니, 이제 도시락이랑 초코파이까지 들고 나르는데요. 인권위에 긴급구제 같은 거라도 넣을 수 없나요?

상희 씨, 라는 호칭에 당황해서 그가 하는 말을 이

해하는 데 한참이 걸린다. 왜 이름을 부르냐고 따지는 말이 목젖까지 치밀어 오르지만 차마 내뱉지 못한다. 대신 엉겁결에 전화를 끊어버린다. 다행히 전화는 다시 걸려오지 않는다.

몇 시간의 대치 끝에 노동자와 학생 들이 회전문에 어린아이 하나가 간신히 지나갈 만한 틈새를 만들고 먹을거리와 음료수를 밀어 넣었다. 그런데 경비 용역들이 그걸 가로채서 도망친 것이다. 그 장면은 텔레비전 뉴스에도 나왔다. 미래일보만이 아니라 거의 모든 언론이 거대 재벌이 새해 벽두에 고령의 비정규직 노동자들에게 저지른 만행을 보도했다.

— 아까는 전화를 왜 그렇게 끊었어요?

밤 10시쯤 다시 전화가 걸려온다. 나는 대답하지 않는다.

— 엘제이아이가 또 가처분을 걸어왔어요.

— 들었어요. 그치만 이번에도 잘 막아주실 거잖아요. 흐흐.

— 이번은 달라요. 용역 계약이 종료돼서 로비를 점거할 권리를 주장하기 어려운 상황이에요.

— 상희 씨.

또 이름을 부른다.

— 상희 씨가 막아줘야 해요. 아주머니들은 삶을 걸고 싸우고 계세요.

나는 이번에도 대답하지 않는다. 이름을 불러서 그런 건 아니다.

†

엘제이아이는 폭발적으로 쏟아진 언론 보도 때문인지 한발 물러난다. 이튿날부터 로비의 출입통제를 풀고 전기 공급과 난방을 재개한다.

하지만 본격적인 공세는 이제야 시작이다. 가처분 신청에 이어서 몇 건의 고소를 추가로 제기한다. 도시락 반입 과정에서 벌어진 몸싸움을 폭행과 업무방해로, 계열사 제품에 대한 불매운동을 업무방해와 명예훼손으로 고소한다. 엘제이아이의 요청에 따른 것이겠지만, 지하상가 입주 상점들도 소음 때문에 영업에 지장을 받고 있다며 고소 대열에 합류한다.

법률원도 별도의 대응팀을 꾸린다. 두 명의 변호사가 더 붙고 대표변호사도 합류해서 총괄을 맡는다. 여기까지 온 이상 우리도 사활을 걸어보기로 한다. 만약 이번 가처분 신청이 인용된다면, 다른 간접고용 사업장에서도 노조가 만들어질 때마다 용역 계약 종료를 통한 노조 파괴가 반복될 수 있다.

선임인 유변은 상대적으로 난도가 높은 법리구성 부분을, 1년차 신입인 이변은 행위태양 부분을, 중간 연차인 내가 부당노동행위 부분과 고소장의 작성을 맡는다. 대표는 교향악단의 지휘자처럼 세 명의 변호사가 나누어 작성할 서면의 목차를 짜고 전략을 고민한다. 1월 들어 코로나 확진자가 하루 천 명을 넘나들면서 재택근무가 전면화되었기 때문에, 모든 회의와 소통은 화상회의 프로그램과 메신저를 통해 이루어진다.

— 처음엔 어색했는데 금방 익숙해지더라고요. 사무실에 있을 때보다 사람들이랑 더 가까이 있는 거 같았어요.

— 저도 그래요. 상희 씨랑 통화할 때마다, 바로 옆에 있는 거 같거든요.

얼굴이 확 달아오르는 게 느껴진다. 선을 심하게 넘는다.

— 연대단체들이 한끼연대라고, 모금 운동을 시작했어요. 농성하는 아주머니들 식비를 대겠다고요. 불매운동도 확산되고 있대요. 엘제이아이 전자랑 자동차 매장마다 1인 시위도 벌어지고 있고요.

— 엘제이아이랑 사회 전체가 싸우는 모양새네요.

— 꼭 그렇지만은 않아요. 제 기사에 달린 댓글만 봐도, 용역 계약이 끝났는데 계속 일하게 해달라는 건 정규직 시켜달라는 거 아니냐, 비정규직이 어디 감히 정규직을 넘보느냐, 노조가 떼법으로 억지를 부리고 있다, 이런 쓰레기 같은 글들이 가득해요.

— 엘제이아이가 댓글부대 같은 걸 돌리고 있는지도 모르잖아요. 너무 신경 쓰지 마세요.

— 비정규직 혐오, 노조 혐오가 심해진 건 맞는 거 같아요. 다들 비정규직한테 무슨 해코지라도 당했나요? 비정규직 근로조건이 개선되고 고용안정이 보장되면 자기들한테 털끝만큼이라도 피해가 오나요? 인터넷만이 아니에요. 회사에서도 그런 말 하는 사람들이 많아요. 대학 때 친구들도 언젠가부터 확 달라졌고요. 사방이 벽으로 꽉 막힌 거 같은 느낌이 들 때가 있어요. 많이 외롭단 생각도 들고요.

그의 말이 틀리지 않다. 그런데 그 같은 사람도 가끔은 외로울 때가 있는 건가.

— 거기 많이 춥진 않아요?

— 괜찮아요. 전기장판 바닥에 깔고 침낭에 들어가면 아주 따뜻해요.

코로나 시대의 사랑

전화를 끊고 나서 환기를 시키려고 발코니 창문과 유리문을 조금 열어두었더니 새어드는 바람에 암막 커튼이 아주 살짝 팔락인다.

†

— 왜 밤마다 전화를 하는 거예요?

마음속에 차오르던 질문을 기어코 던진다.

— 왜 전화를 하냐뇨? 전화하면 안 되는 건가요?

— 이상하잖아요. 우린 얼굴도 모르는 사이예요. 일 때문이면 낮에 전화하셔도 되잖아요.

그러려던 것은 아니었는데 목소리에 가시가 돋았다. 그가 숨을 고르는 것이 스마트폰을 통해 전해진다.

— 낮에는 여기 일정 때문에 통화가 어렵고요, 상희 씨도 일하느라 바쁘시잖아요. 그리고 얼굴은 나중에 알면 되는 건데…. 암튼, 그건 그렇고 오늘 가처분 재판 아니었나요? 재판은 어떻게 됐어요?

정말이지 능청스러움을 당해낼 수가 없다.

— 분위기가 좋진 않았어요. 더 큰 문제는, 재판장이 행위태양에 대해서 묻질 않는 거예요. 보통 이런 가처분 사건에서는 행위태양이 가장 주된 쟁점이거

205

든요. 소음을 어떻게 얼마나 발생시켰냐, 인원은 몇 명이나 되냐, 몸싸움은 없었냐, 그런 거요. 그리고 하는 말이, 용역계약이 종료된 뒤에 용역업체 근로 자들이 대체 어떤 권리에 기해서 원청 사업장에서 쟁의행위를 할 수 있다고 주장하는 건지 자기도 궁금하다면서, 보충서면으로 써서 제출해보래요. 기한도 사흘밖에 주지 않았어요.

— 원래 그 정도밖에 안 주나요?

— 보통은 한두 주 주는데, 빨리 끝내려고 하는 거 같아요. 아주 불리한 상황이에요.

— 우리 계획은 뭐예요?

계획 같은 건 없다. 재판장이 물어본 건 재판장만큼이나 나도 진심으로 궁금하다.

— 일단 가용한 법리를 총동원해보기로 했어요. 양으로 밀어붙이고, 그래서 생각보다 단순하게 볼 사건이 아니고, 가처분이 아니라 본안으로 심리해야 하는 사건이니까, 쉽게 인용 결정을 내려서는 안 된다는 취지로 설득해보려고요. 그리고 오늘 너무 화가 났던 게…, 엘제이아이 대리하는 대형 로펌 변호사가요, 글쎄 아주머니들이 제대로 씻지를 않아서 비위생적이고 그래서 코로나 시국에 보건상의 위험

을 심각하게 증대시키고 있다고 하더라고요. 기가
막혀서.

— 아니 어떻게 그런 말을…. 흐흐. 근데 제대로 못
씻는 건 사실이긴 해요. 원래 자기 냄새는 자기가
잘 못 맡는 건데, 언젠가부터 저한테서 냄새가 나는
게 느껴지더라고요. 그래도 방역수칙은 철저히 지
키고 있어요. 확진자가 한 명이라도 나오면 그날로
파업이고 농성이고 다 접어야 하니까요.

그의 기사에 이런 인터뷰가 실렸다.

'우리같이 청소하는 사람들도 트라이앵글타워에
서 일하는 노동잔데, 비정규직이라고 얼마나 괄시를 해
대는지. 그리고 웃기는 게요, 아침에 여기 직원들이 막
출근하잖아요. 양복 차려입고, 수천 명이 우리가 농성
하는 로비를 거쳐서 들어가거든요. 근데 그 사람들은
요, 최대한 우릴 안 보려고 하거나, 봤다가도 못 볼 거
라도 본 것처럼 잽싸게 눈을 돌려요. 보이지 않는 데
있어야 하는 건데, 바닥에 굴러다니는 쓰레기처럼 말끔
히 치워져 있어야 하는 건데, 그런 청소노동자들이 한
국 최고 대기업을 다니는 자기들 출근길에 보란 듯이
나와 있으니까….'

†

대응팀은 비상체제에 돌입한다. 이기기 쉽지 않고, 솔직히 이길 방법이 있는지도 모르겠다. 늘 그랬듯 최선을 다할 뿐이라고, 자꾸 비관적인 쪽으로 기우는 마음을 다잡는다.

보충서면 마감 전날 밤, 메신저 창에는 네 명의 변호사와 송무국장이 들어와 있다. 변호사들은 각자 맡은 부분을 한 개 장씩 완성하는 대로 올리고 대표의 피드백을 받는다. 새벽 2시가 넘고 3시가 지난다. 며칠째 제대로 잠을 자지 못했더니 커피를 아무리 들이부어도 쏟아지는 졸음을 이길 수 없어서 한겨울에 찬물로 샤워를 한다. 머리끝부터 발끝까지 온몸이 덜덜 떨리고 정신이 번쩍 든다. 머리를 대강 말리는 척만 하고 질끈 묶고서 책상 앞에 앉는다.

새벽 5시, 대강의 초안이 취합된다. 서면 분량만 100쪽이 훌쩍 넘는다. 소명자료까지 합치면 600쪽이 넘는다. 대표가 온라인 회의를 소집한다. 다크서클이 거멓게 내려앉은 얼굴들이 노트북 모니터 속에 격자 모양으로 자리 잡는다. 대표가 도입부와 결론을 쓰는 동안 내가 서면 전체를 훑으면서 용어와 표현을 통일하기로 한다. 소명자료를 정리하는 작업은 송무국장이 오전 중에 해주기로 한다. 대표와 나를 제외한 인원은 일단 취침하고 아침 10시에 다시 접속하기로 한다.

이렇게 사건 하나에 함께 밤을 새우면서 달려보는 건 처음 있는 일이다. 몸은 힘들어도 대표도 다른 변호사들도 조금은 신이 나 있는 것 같다.

— 고생 많았어요.

— 좀 피곤하긴 하네요.

— 보충서면도 냈으니까, 이제 결과만 기다리면 되는 거네요.

— 그쵸.

— 그럼 농성장 한 번 안 와보실래요?

— 네?

— 실은 데스크가 그만 나오래요. 할 만큼 했다고요.

— 아…, 이제 나오셔야 하는군요.

— 그래서, 오실 거예요? 안 오실 거예요?

망설여진다. 현장에 한 번은 가보아야 하지 않을까…. 하지만 밤을 꼬박 새우기도 했고, 고소장이랑 다른 사건 서면들까지 준비할 것이 산더미다. 무엇보다 그를 실제로 만나기가 부담스럽다. 아무 사이도 아닌데 뭐 하러, 아무 사이도 아니니까 더더욱.

— 어제 잠을 하나도 못 자서…. 고소장도 마저 써야 하고요. 죄송해요.

거절하기로 한다.

재판부가 최대한 신속하게 절차를 진행한 만큼 결정도 빨리 나올 거다. 당장 내일 나올 수도 있다. 가슴이 갑갑하다가, 그래도 잘될 거라는 기대를 품었다가, 그럴 리가 없다는 좌절감으로 이어진다.

암막 커튼 때문에 시간이 잘 가늠되지 않는다. 노트북 화면을 보니 오후 4시가 다 되어간다. 오늘은 웬일로 낮에 전화를 했네, 싶다. 농성장에서 나간다니 이제 전화를 하지 않을 수도 있겠다. 시원섭섭하다가, 이상하게도, 마음이 살며시 물컹거린다.

†

전화는 사흘 뒤에 걸려온다. 밤 10시 무렵이다.

스마트폰에 뜨는 이름을 보고 망설이다가 결국 받는다.

— 상희 씨.

— 아, 네. 잘 나오셨어요?

— 나왔는데요, 다시 들어왔어요.

— 네?

— 이탈자가 발생했어요. 열두 명이 오늘 저녁에 한꺼번에 사라졌대요. 전화도 안 받고, 문자 보내도 답이 없고요.

— 지치실 만도 한 거 같아요. 체력적으로도 힘드실 거고, 집에 돌봐야 할 가족도 있을 거고요. 그리고, 돌아오실지도 모르잖아요.

— 엘제이아이 쪽에서 돈을 주고 나오라고 했다는 얘기가 있어요.

순간 어안이 벙벙하다가, 여러 생각이 한꺼번에 머릿속을 훑고 지나간다.

— 증거가 있나요?

— 아직요. 워낙 민감한 문제라 기사는 못 내고 있는데, 상황을 보려고 다시 들어온 거예요. 사라진 분들 중에 분회장님도 계세요.

분회장은 현장 상황을 확인하느라 통화도 여러 번 했던 사이다. 언론 인터뷰에서도 자주 보았는데, 괄괄한 목소리의 강단 있는 아주머니였다.

— 근데 그 한끼연대 모금한 거 있잖아요. 얼마가 모였는지 아세요?

— 얼마나요?

— 무려… 8천만 원! 아주머니들이 찔끔찔끔 우세요. 웃다가 우세요. 입금액이 만 원, 2만 원씩이래요. 수천 명이 돈을 보낸 거죠. 학생들이랑 다른 노조랑 지지 방문도 하루에 몇 팀씩 다녀간대요. 지나가다 들렀다면서 음료수 한 박스 놓고 가는 분들도 계시고요.

— 고맙네요.

— 가처분도 분명히 좋은 결과가 나올 거예요.

— 저도 그러길 빌어요. 부당노동행위 고소장은 내일 노동청에 접수할 거예요. 이것도 기사로 내주세요. 엘제이아이 쪽에 상당한 압박이 될 거예요.

— 네. 그리고 상희 씨, 혹시요, 가브리엘 가르시아 마르케스의 《콜레라 시대의 사랑》이란 소설 읽어보셨어요?

그 책이라면 책장 어딘가에 꽂혀 있을 거다.

— 예전에 사두긴 했는데 읽진 못했어요.

— 제가 요즘 그 책을 읽고 있는데요. 이런 구절이 나와요. 상사병은 콜레라와 증상이 동일하다.

— 그게 무슨….

— 실은 제가 열이 좀 많이 났거든요.

— 네? 괜찮은 거예요?

코로나 시대의 사랑

― 괜찮아요. 엊그제 PCR 검사받았는데 음성 나왔어요. 열도 내렸고요. 근데 책을 읽다 보니까, 제 증상이 상사병이 아닌가 싶더라고요. 흐흐흐.

코로나에 가슴이 철렁했다가, 상사병에 한 번 더 가슴이 철렁한다.

†

전화는 다시 전처럼 매일같이 걸려온다.

― 상희 씨, 뭐 하고 있어요?

― 그냥 이것저것요.

나는 우리가 할 이야기는 트라이앵글타워 이야기뿐이다, 라고 마음먹는다.

― 이탈하셨던 분 중에 한 분이 돌아오셨어요.

― 정말요?

― 그리고 진짜 진짜 충격적인 사실!

― 돈을 받았대요?

― 정답! 2천만 원 받았대요. 비밀유지하고 농성 중단하겠다는 각서를 쓰라고 했는데, 돈만 먼저 받고 각서는 아직 안 보냈대요. 엘제이아이가 어지간히 급했나 봐요. 각서 원본이랑 계좌이체 내역까지

있어요.

— 맙소사.

머리칼이 쭈뼛 선다. 조합원 매수는 부당노동행위 의사를 밝힐 결정적인 증거가 될 수 있다.

— 노조 통해서 자료 받을게요. 당장 제출해야겠어요. 시간이 없어요.

— 엄청 유리한 자료인가 봐요.

— 엄청요. 그런데 그분은 왜 돌아오셨대요?

— 경제적으로 힘들고 가족들한테도 해가 될까 봐 나오긴 했는데, 몇 년 동안 함께 일하고 몇 달 함께 싸운 동료들한테 미안해서 마음이 너무 불편하셨대요. 그리고 무슨 뜻인지 정확히는 모르겠지만, 외로우셨대요. 어쨌든 대단하신 거예요. 아시겠지만 2천만 원이면 이분들 연봉이거든요.

노조에 급히 연락해서 각서와 계좌이체 내역을 사진으로 전달받고, 증거설명서를 작성해 송무국장에게 전자소송으로 제출해달라고 부탁한다. 부디 재판부 마음을 흔들어주기를, 기도한다.

†

조합원 매수 증거를 제출한 날부터 사흘째 되는 날, 송무국장이 메신저에 PDF 파일을 하나 올린다. 가처분 사건 결정문이다. 숨이 턱 하고 막힌다. 차마 클릭하지 못한다. 심호흡을 대여섯 번쯤 하고 나서야, 눈을 찔끔 감고 마우스 버튼을 클릭한다.

결정문 첫 페이지의 '주문'은 일부 인용이다. 재빨리 스크롤바를 내려서 '판단'으로 이동한다. "채권자와 용역업체 사이의 관계, 청소근로자들의 근로조건 및 근로 내용에 대한 채권자의 개입 정도 및 방법, 용역 계약 종료의 시기와 그 과정, 그 이후 단체교섭 결렬의 과정, 근로계약 종료에 의한 해고 등 일련의 과정에 비추어 보면, 채무자들이 그동안 진행해온 쟁의행위는 주체, 목적, 시기, 절차 면에서 모두 정당한 것으로 보이는바, 채권자로서는 채무자들의 피케팅, 구호제창, 선전활동 등 쟁의행위를 수인할 의무가 있다."

만세! 나는 의자에 앉은 채로 두 주먹을 쥐고 폴짝폴짝 뛴다. 행간을 읽어보면 부당노동행위가 있었다는 취지까지 포함되어 있다. 미친년처럼 웃음이 실실 나온다. 이겼다, 이긴 거다. 메신저 창이 소란스러워진다. 이모티콘을 마구 쏘아대며 자축하고 서로를 격려한다.

— 상희 씨가 이길 줄 알았다니까요. 호호. 축하해요.

— 모두 함께한 일이에요. 덕련 씨까지요.

— 저야 뭐, 제 일을 한 건데요.

— 저도 그런데요?

우리는 함께 웃는다. 오랜만에 맘 편히 웃어본다. 마음의 긴장이 확 풀어진다.

— 상희 씨.

— 네에.

그가 잠시 뜸을 들인다.

— 우리 얼굴 한번 볼래요? 그냥 편하게요.

뭐라 답해야 할지 모르겠다. 진심으로 모르겠다. 두 개의 마음이 엇갈린다.

메신저 창에 메시지가 하나 뜬다. 송무국장이다. "엘제이아이 대리인한테서 연락이 왔어요. 급한 일이니 빨리 전화 좀 달래요."

— 아…, 제가 지금 급한 일이 생겨서, 나중에 얘기해요.

전화를 끊으려 한다. 핑계만은 아니다. 일 먼저 처리하고, 이따 전화해서 뭐라고든 대답을 해야겠다고 생각한다.

— 상희 씨, 아니 이상희 변호사님!

— 네?

코로나 시대의 사랑

— 아무튼, 정말 잘 해냈어요.

엘제이아이 측은 합의 의사를 전해왔다. 임금협약과 단체협약을 체결하고, 노조 사무실과 휴게시설을 제공하고, 임금 인상과 정년 연장 요구를 수용하는 대신, 트라이앵글타워에는 새로 채용되어 일하는 사람들이 있으니 그룹 계열사의 다른 빌딩으로 옮기는 조건이다. 이 정도면 백기 투항이나 다를 바 없다. 조합원 매수 사실이 발각되고 가처분 사건에서 패소한 것이 결정적이었을 거다.

노조에 전화해서 엘제이아이 측 제안을 전달한다. 그에게도 알려주어야 하지 않을까 싶었지만, 아직 대답을 정하지 못해서 전화를 걸지 못한다. 엘제이아이의 제안에 대해서는 노조를 통해 금방 알게 되겠거니 한다.

†

며칠이 지나도록 전화는 걸려오지 않는다. 싸움이 끝나서 전화할 일이 없어진 건지, 아니면 내가 대답을 안 해서 거절의 의미로 받아들인 건지, 그것도 아니면 합의 제안이 들어온 걸 알려주지 않아서 기분이 상한 건지 알 수 없다.

하지만 밤 9시가 되고, 10시가 되면 어쩐지 전화가

기다려진다. 스마트폰을 자꾸만 들여다본다.

끝이 보이지 않는 재택근무. 처음에는 사람과 부대끼지 않아도 되어서 좋기만 했는데 이젠 지겨운 마음도 든다. 바깥 날씨가 궁금해서 발코니에 나가 암막 커튼을 활짝 걷어본다. 눈이 많이 온다는 예보가 있었는데 진짜로 함박눈이 쏟아지고 있다. 앞 동의 불빛이 모두 따뜻한 색감이다. 사람들의 얼굴도 평화로워 보인다. 부러운 마음이 들지 않는다면 거짓말이다.

암막 커튼을 걷어둔 채로 침실로 가서 불을 끄고 침대에 몸을 누인다. 잠이 잘 오지 않는다. 머리맡에 둔 스마트폰을 켠다. 액정에서 터져 나온 불빛에 순간 침실이 환해진다. 부신 눈을 깜박이며 그와의 통화 목록을 열어본다.

그는 거의 하루에 한 번씩 전화를 걸었다. 스무 번도 넘게 걸었다.

나는?

한 번도 걸지 않았다.

일어나서 불을 켜고 거실의 책장으로 향한다. 《콜레라 시대의 사랑》을 꺼내서 표지에 적힌 책 소개를 읽는다. 사랑 이야기다. 첫 페이지를 펼친다. 소설은 이렇게 시작한다. "그것은 어쩔 수 없는 일이었다."

코로나 시대의 사랑

그건 어쩔 수 없는 일이었다. 그도 나도 외로웠고 연대할 사람이 필요했다. 트라이앵글타워의 청소노동자들이 그랬던 것처럼. 그러나 사랑 이야기는 아니다. 세상에 이런 사랑은 없을 테니까.

코로나 시대라면 다를 수 있으려나.

나는 다시 스마트폰을 켜고 통화 목록을 한참이나 바라본다.

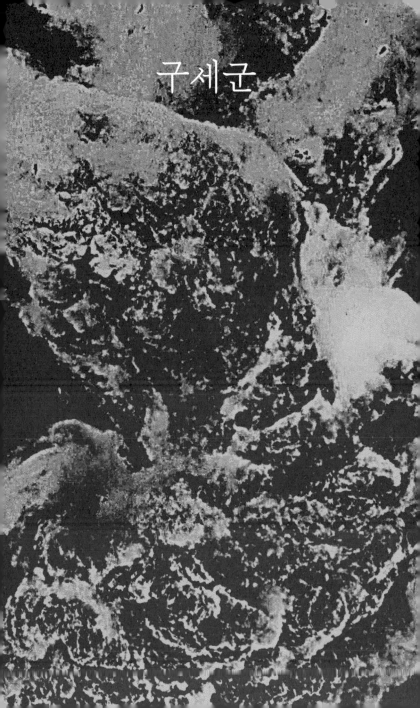

구세군

사육되기를 거부하라. 세계는 사람의 것이다.
　　— 구세군의 선전 메시지 중에서

†

취재 기안서를 올리자 회사 시스템은 "부적절한 콘텐츠
이니 재검토를 바랍니다"라는 경고 메시지를 띄운다.
　　AI 기자는 스스로 수많은 기사를 작성하고 분류해
서 구독자에게 발송하지만 사람 기자의 기사에 개입하
는 일은 흔치 않다. 게다가 기사 작성은커녕 취재를 시
작하기도 전에 이러는 건 언론법이 금지하는 AI의 취재
개입에 해당한다. 관련 조문을 인용하며 이의신청을 넣
는다. 시스템은 형식적인 사과 메시지로 반응한다.
　　제보는 밤 11시가 넘은 시각에 텍스트 메시지로 들
어왔다. 요새는 주로 야간에 일하고 있어서 곧바로 워
치의 창을 열어 내용을 확인했다. 굳이 텍스트 메시지로
보낸 건 얼굴을 밝히고 싶지 않다는 뜻이다. 몇 문장으
로 된 메시지의 내용은 간단했다. 미르의 유저들이 연이
어 자살하고 있다는 것이다.
　　게임에서의 자살은 불가능한 일도 드문 일도 아니
다. 미르 같은 게임은 하나의 채널에서 하나의 캐릭터만

을 허용하기 때문에 유저들은 캐릭터가 싫증이 나면, 꼭 그래야만 하는 것은 아니지만, 캐릭터를 자살시키기도 한다. 그러나 마지막 문장이 시선을 붙들었다.

"자살하는 캐릭터의 유저는 모두 무직자들이고 그들은 현실에서도 자살합니다."

미르가 현실 세계와 지나치게 유사해서 게임과 현실을 혼동하는 유저가 늘고 있다는 기사를 읽은 적이 있다. 현실에서 자살을 시도하려는 사람이 캐릭터를 먼저 자살시키는 것도 있을 법한 일이다. 리서치는 해볼 만한 아이템 같았다.

무직자와 관련된 일이니 기본소득부 시스템에 음성 메시지를 보내 근래 유사한 사건이 있었는지 문의한다. 회신을 기다리는 중에 제보자에게 음성 통화를 요청한다. 하지만 회사 시스템은 차단된 아이디라는 메시지를 띄운다. 범죄나 불법행위에 연루되었을 가능성이 있다.

기본소득부 시스템의 회신이 평소보다 늦다. AI라고 언제나 사람보다 빠른 것은 아니다. 종종 먹통도 되곤 하니까. 그것들도 완벽하지는 않은 것이다.

홍에게 영상 통화를 요청한다. 기본소득부에서 일하는 홍은 대학 친구다. 예전 파트너이기도 하고.

— 어쩐 일이야? 이 시간에. 일에 미쳐서 사는 건

여전하구나.

살집이 두툼해진 홍의 얼굴이 데스크 보드의 창에 나타난다. 홍도 나이를 먹는가 보다. 뒤편으로 익숙한 거실이 보인다. 한때나마 '우리'의 집이었던 곳이다.

— 잘 지내?

감정이 남아 있는 것은 아니지만 아직도 조금은 불편하다. 서로 사랑했고 많은 점에서 좋은 사람이었지만 자유섹스주의자라는, 나로서는 받아들일 수 없는 결정적인 단점이 있었다.

— 한가해서 죽겠어. 이러다 기본소득이나 받으러 가는 거 아닌지 몰라.

홍이 어색하게 웃는다. 농담처럼 들리지만은 않는다.

— 미르 있잖아. 거기 유저들이 자살하고 있다는 얘기 들은 적 있어?

— 미르? 뭔가 쓸 만한 걸 잡았나 보네? 그렇지 않아도 이상한 신고가 들어온 거 같던데…. 아, 잠깐만.

홍이 다른 창을 열었는지 얼굴이 사라진다. 마침 기본소득부 시스템의 회신이 들어온다.

"문의하신 사안에 관해서는 접수된 내역이 없습니다. 유언비어로 판단되오니 기자님과 귀 언론사께서는 관련 보도를 삼가시기 바랍니다."

구세군

시스템의 말투는 언제나처럼 건조하고 고압적이다.

홍의 얼굴이 다시 나타난다.

— 내가 다른 사건하고 착각한 거 같아. 미르는 아무 문제가 없어.

— 뭐야, 좀 전엔 다르게 말했잖아.

— 이래서 사람이 하는 일이…. 미안한데 급하게 처리할 일이 생겨서, 다음에 또 연락해.

숨기는 것이 있다는 직감이 든다. 이런 종류의 직감은 한 번도 틀린 적이 없다. 괜히 〈내일〉의 마지막 인터뷰 전문 기자로 남은 것이 아니다.

직접 찾아가서 만나보려고 워치로 자율주행차를 부른다. 집을 나서는데 기다렸다는 듯 스콜이 쏟아진다. 한밤의 스콜이라니. 그래도 스콜은 늘 반갑다. 숨막히는 열기를 잠시나마 식혀준다.

그러나 홍의 아파트에는 발도 들여놓지 못한다. 연락조차 받지 않는다.

†

국회의원 선거 예선이 진행 중이라 구독자들의 관심은 온통 거기에 쏠려 있다. 각 정당의 예비후보들은 얼굴

225

과 몸매, 춤과 노래 실력을 겨루며 수천 대 1의 경쟁을 벌인다. 실시간 투표가 한 번 치러질 때마다 예비후보의 수는 반으로 줄어든다. 예선이 끝나고 후보가 확정되면 선거구별로 본선이 치러진다. 본선의 방식도 크게 다르지 않다.

모두 혁명 이후에 일어난 변화다. 내가 초등학교 6학년이던 그해 12월, 무직자들의 혁명이 있었다. 수십만의 무직자가 거리로 쏟아져 나와 관공서와 기성 정당 당사에 불을 지르고 공장과 상점에 설치된 무인 자동화 시설을 파괴했다. 계엄이 선포되어 군대가 투입되었고 많은 이들이 피를 흘렸다.

혁명은 한 달여 만에 대타협으로 마무리되었다. 헌법이 개정되어 기본소득이 국민의 기본권으로 보장되었다. 새로 제정된 기본소득법은 직업이 없는 모든 성인에게 중위소득의 20퍼센트에 해당하는 기본소득을 지급하도록 했다. 주택과 교육과 의료 서비스도 무상으로 제공되었다.

기본소득과 더불어 의원내각제가 도입되자 진보와 보수로 양분되어 있던 기존 정치 구도는 붕괴했다. 유직자를 대변하는 납세자당과 자본가를 대변하는 자유당, 그리고 무직자를 대변하는 기본소득당이 국회를 삼

구세군

분했다. 납세자당과 기본소득당은 세금 문제로 이해가 충돌했고, 유직자, 즉 노동자의 당과 자본가의 당이 손을 잡을 수도 없는 노릇이었으므로, 기본소득당이 자유당과 함께 연립정부를 꾸렸다.

먹고사는 일을 걱정할 필요가 없어진 무직자들은 정치에 무관심해졌다. 선거는 연예인 오디션 프로그램을 닮아갔다. 막강한 자본력을 바탕으로 공장에서 제품 찍어내듯 재능이 넘치는 후보들을 키워 선거에 내보낸 자유당이 빠르게 세를 불렸다. 기본소득당은 자유당에 빌붙은 군소정당으로 전락했다. 납세자당은 일자리와 유직자의 수가 줄어드는 것에 비례해 의석을 잃었다. 혁명 후 10년이 지나지 않아 자유당은 단독으로 과반 의석을 확보했다.

자유당이 기본소득당을 버리지는 않았다. 버리기는커녕 무직자의 등록과 관리, 기본소득 지급, 기본주택 배정, 무상학교 및 무상병원 운영을 포함해 무직자에 관한 국가 사무를 총괄하는 기본소득부를 설치하고, 기본소득당에 전권을 일임했다. 기본소득당은 곧 기본소득부가 되었다. 자유당은 기본소득부를 통해 무직자를 관리하고 통제했다.

그나마 이번 선거의 이슈라고 할 만한 것이 있다면

기본소득법과 안락사법 개정을 꼽을 수 있다. 기본소득에 소요되는 예산이 국가 재정의 절반을 훌쩍 넘어서자 납세자당은 기본소득 총액을 무기한 동결할 것을 요구하고 나섰다. 기본소득당은 처음에는 반대 입장을 밝혔지만 자유당이 동결로 당론을 정하자 더는 목소리를 내지 않았다. 자유당은 한술 더 떠서 안락사를 신청하는 무직자에게 5년 치 기본소득을 일시불로 지급하도록 하는 안락사법 개정안을 상정했다. 생의 마지막 시기를 존엄하게 보낼 수 있도록 하겠다는 것이었지만 속셈은 뻔했다. 법안들은 무난히 통과되었다.

†

다른 무직자들처럼 민도 미르에 푹 빠져 있다. 3년째 파트너 관계를 유지하고 있는 민은 경찰로 일하다 작년에 무직자가 되었다. 직장을 잃고 많이 힘들어했지만 미르를 시작한 뒤로는 게임룸에 틀어박혀 온종일 나오지 않았다. 잘 먹지도 않고 잠도 거의 자지 않았다.

경찰은 그나마 오래도록 사람의 일로 남아 있었다. 교통정리나 서류 작업 같은 것은 로봇과 AI가 쉽게 대체할 수 있었지만 자잘한 폭력 사건부터 강력 사건까지 현장에 출동해서 사건을 처리하는 것은 아무래도 사람이 할 일이었다. 하지만 미르가 서비스를 시작한 뒤로 범죄율이 급감하자 사람 경찰의 쓸모도 크게 줄었다.

미르는 스포츠와 전쟁, 역사 체험, 투자와 도박, 탐험, 범죄와 수사, 가족생활과 성관계에 이르기까지 사람의 거의 모든 활동을 현실과 매우 흡사하게 구현하는 가상현실 시뮬레이션 게임이다. 이전의 게임들과 달리 핍진성이 놀랄 만큼 뛰어나서 특히 무직자들에게 선풍적인 인기를 끌고 있다. 시대와 주제가 다른 채널이 수백 개나 되어서 세대와 성별, 취향을 가리지도 않는다. 범죄율이 낮아질 만했다. 폭행이든 살인, 강간이든 반드시 현실에서 저지를 필요는 없기 때문이다.

민을 사랑했고 지금도 사랑한다. 민은 긍정적인 에너지가 넘치는 사람이었다. 따뜻하고 상냥했다. 큰 결심을 하고 아이도 갖기로 합의했다. 그러나 임신이 되지 않았다. 불임은 흔한 일이다. 아니 요즘은 임신이야말로 정말 어려운 일이다. 병원 시스템은 우리 커플이 아이를 가질 확률을 0.14퍼센트로 계산했다. 우리 사이의 대화는 점점 줄어갔다.

— 그 게임, 그만하는 게 좋을 거 같아.

화장실에 다녀오는 민에게 오랜만에 말을 붙인다.

민은 꿈을 꾸고 있는 것 같은 눈빛으로 돌아본다.

— 위험하단 얘기가 있어.

— 유직자들이 늘 하는 소리지.

— 나랑 얘기 좀 해.

민의 팔을 붙잡는다.

— 난 지금이 좋아. 행복해. 일할 때보다 훨씬 더
행복해.

— 밤낮없이 게임룸에만 처박혀 있는 게 뭐가 행복
해? 제발 현실로 돌아와.

— 무슨 현실? 그리고 돌아가면 뭐가 달라지는데?
내가 거기서 뭘 할 수 있는데? 진짜 내 삶은 저 안
에 있어.

민이 힘을 주어 팔을 빼낸다.

— 나는? 너한테 나는 뭔데?

민은 대꾸도 없이 게임룸으로 돌아간다. 나는 두
팔로 머리를 감싸며 소파에 주저앉는다.

그래도 일은 해야 해서 마음을 진정시키고 정당 대
표들의 인터뷰 문안을 작성한다. 후보들과 달리 대표들
의 인터뷰는 인기가 없다. 후보들은 꼭두각시고 대표들
이야말로 세상을 움직이는 사람들인데도 그렇다. 기본
소득 총액 동결과 안락사법 개정에 대해 물을 생각이지

만 언제나 그랬듯 능구렁이처럼 빠져나갈 것이다.

한때 기자만 몇백이었다는 우리 회사에 사람 기자는 나를 포함해 스물 남짓밖에 남지 않았다. 관리직원도 마흔을 넘지 않는다. 최근에도 여럿이 자발적으로 혹은 등을 떠밀려 회사를 떠났다. 하지만 적어도 나는, 남은 생을 가축으로 살고 싶지 않았다. 회사에 꼭 필요한 '사람'이 되기 위해 이를 악물었다.

요란한 사이렌 소리가 들려온다. 데스크 보드의 창에 "테러 발생, 외출 금지"라는 문구가 고딕체로 번쩍인다. 곧 사이렌 소리도 번쩍거림도 멈춘다. 네트워크가 끊어진 것 같다.

그들의 소행일 거다. 그들은 스스로를 '구세군', 그러니까 '세상을 구하는 군대'라고 불렀다. 그러나 이름과는 달리 통신위성 중계기를 부수고 다니는 것으로 유명하다. 보도로는 종종 접했지만 직접 겪는 것은 처음이다. 네트워크는 물리적으로 파손되었다면 복구에 시간이 좀 걸릴 거다.

민이 게임룸 문을 열고 나온다. 네트워크가 끊어졌으니 게임도 중단되었을 것이다. 아까 하던 이야기를 다시 꺼내려는데 기발한 생각이 머리를 스친다. 가방을 집어들고 현관으로 달려 나간다.

— 어디 가? 밖은 위험해.

— 무직자들이 늘 하는 소리지.

민의 말을 그대로 돌려준다. 인터뷰 전문 기자가 이런 기회를 놓칠 수는 없다. 여태껏 그들을 인터뷰한 언론사는 없다.

거리는 고요하다. 자율주행차들도 모두 멈추어 있다.

일렁이는 아지랑이 사이로 한 사람이 이쪽으로 걸어온다. 머리에 복면을 뒤집어쓴 것이 오늘의 테러리스트가 분명하다.

— 구세군이죠?

남자에게 달려가 묻는다. 큰 키에 배낭을 메고 등산화를 신고 있다.

— 〈내일〉의 기자 진이라고 합니다. 인터뷰를 하고 싶습니다.

단도직입적으로 제안한다. 이럴 때는 그쪽이 더 효과적이다.

— 보시다시피 지금은 좀 곤란한데요. 체포되고 싶진 않아서요.

남자가 너털웃음을 웃으며 대답한다.

— 그럼 다시 뵐 수 있을까요? 구세군의 목소리를 세상에 전하고 싶습니다.

남자는 내 얼굴을 찬찬히 뜯어본다. 신뢰할 만한 사람이라는 인상을 주기 위해 눈을 똑바로 응시한다.

— 내일 오후 3시에 관악산 등산로 입구에서 보시죠. 다른 사람한테 알리지 말고 혼자 오셔야 하고요.

구세군은 나를 지나쳐 다음 골목으로 꺾어 든다. 골목은 등산로로 이어져 있다.

†

— 기본소득 총액 동결은 무직자들을 경제적 곤궁으로 몰아갈 겁니다. 유직자도 언제든 무직자가 될 수 있는데, 그렇다면 이번 기본소득법 개정은 당원과 지지자의 미래를 배신하는 측면도 있지 않을까요?

— 워, 워, 걱정 마세요. 납세자당은 유직자를 실업으로부터 지킵니다. 작년 무직자 증가율이 5퍼센트나 감소했어요. 우리 당이 쟁취해낸 성과입니다. 유직자를 괴롭히는 건 실업의 위험이 아니라 터무니없이 높은 세금이에요. 유직자들은 소득의 절반 이상을 세금으로 내고 있습니다.

'워, 워, 걱정 마세요'는 납세자당의 이번 선거 슬로건이다.

— 증가율이 조금 감소했을 뿐이죠. 매년 더 많은 수의 유직자가 일자리를 잃고 있습니다.

— 워, 워, 걱정 마세요. 정치에는 믿음이 필요해요. 믿음이 굳건할수록 당도 그 믿음을 발판으로 더 많은 일자리를 지켜낼 수 있습니다. 말이 나온 김에 드리는 말씀이지만, 우리 당은 무직자들도 열렬히 사랑합니다. 아이 러브 유. 하지만 그분들에게 진정으로 필요한 건 기본소득이 아니라 일자리예요.

— 일자리를 늘릴 구체적인 계획을 갖고 계신가요?

— 당연히 갖고 있지요. 아주 아주 구체적인 계획이 있습니다. 다만 집권 세력이 호응을 해주지 않으니 문제입니다. 우리 당에 대한 지지가 절대적으로 필요한 상황인 거예요.

하나 마나 한 이야기다. 계획 같은 게 있을 리 없고 있다고 한들 실현 가능성이 있을 리가 없다.

— 자유당이 주도한 안락사법 개정에 대해 여쭙겠습니다. 5년 치….

— 그거 어차피 신청자도 없다고 들었습니다. 자유당 놈들이 하는 짓이 다 그 모양이죠. 유직자들 세금으로 무직자의 지상낙원을 만들어놓고 자살할 사람을 모집한다니, 누가 그걸 신청하겠습니까? 하

하하. 세금에 짓눌린 우리 유직자들이나 신청하지 않으면 다행이죠. 그런 꼼수로는 아무도 자살 안 해요. 자살을 시키기라도 하면 모를까.

납세자당 당사를 나서자 생방송 인터뷰의 실시간 구독자 수와 반응들이 워치의 창에 떠오른다. 구독자는 1만 명도 되지 않았다.

다음 주에는 차기 총리로 유력한 기본소득당 대표의 인터뷰가 잡혀 있다. 자유당은 서너 번에 한 번은 연립정부 파트너인 기본소득당에 총리 자리를 양보했다. 물론 권력은 상징적인 것에 불과했고 임기도 몇 달에 그쳤다.

†

— 구세군에선 어떤 직책을 맡고 계세요?

오늘 서울의 최고 기온은 섭씨 43도. 관악산 등산로는 그나마 숲 그늘 덕분에 선선한 편이다. 남자가 성큼성큼 앞서간다. 따라잡으려니 숨이 가쁘다.

— 직책 같은 건 없어요. 앞사람과 뒷사람이 있을 뿐입니다.

— 앞사람, 뒷사람이요?

— 우린 선으로 연결돼 있어요. 모두가 자기 앞사

람 한 명과 뒷사람 한 명만 알죠. 누군가 발각되더라도 조직 전체가 타격을 입지 않아야 하니까요.

남자는 허공에 손을 뻗어 하나의 꼭짓점에서 시작되는 여러 개의 선을 그어 보인다. 복면을 벗은 얼굴은 지극히 평범했다. 교사나 공무원 같은 일을 했거나 하고 있을 것 같다.

— 조직원은 몇이나 되나요?

— 모릅니다. 꽤 많다는 것만 알고 있어요.

— 가입은 어떻게 하는데요?

— 자격을 갖춰서 승인을 얻으면 앞사람이 알려줍니다. 정식 구세군이 되면 자신의 뒷사람을 만들 수 있고요.

— 대표는요?

역시 모른다는 뜻으로 어깨를 으쓱한다. 직책도 없고 규모도 모르고 대표도 모른다…. 이래서야 제대로 된 인터뷰를 하기 어렵겠다는 생각이 든다. 방향을 틀기로 한다.

— 구세군의 정치적 목표는 무엇인가요?

— 우리는 2차 혁명을 준비하고 있습니다.

뜻밖의 대답이다.

— 혁명요? 기본소득을 더 확대하려는 건가요?

— 아뇨, 그런 건 아니고요. 사람이 다시 세계의 주
인이 되도록 하려는 겁니다.

— 지금은 사람이 주인이 아니라는 말씀이네요.

— 가축으로 사육되고 있잖아요.

평소의 내 생각과 너무 똑같아서 깜짝 놀란다.

— 적들로부터 세계를 돌려받을 겁니다. 빼앗아 올
거예요.

— 어떤 적들로부터요? 그리고 어떻게요?

— 오늘은 여기까지 하죠.

첫날부터 모든 걸 말해줄 생각은 없는 듯하다. 내
일 같은 시각에 같은 장소에서 다시 만나기로 한다. 허
황된 이야기지만 구독자들의 흥미를 끌 기삿거리로는
충분하다고 판단한다.

†

인터뷰 준비 때문에 아침에 잠들었더니 정오가 다 되어
서야 깨어난다. 워치가 72개의 새로운 메시지가 들어왔
다고 알려준다.

워치의 창을 열고 메시지들을 불러온다. 대부분 가
족이나 지인인 미르 유저의 자살에 관한 것이다. 지난번

제보와 같은 내용이지만 더 구체적인 사실관계가 담겨 있다. 제보가 72개면 실제 일어난 자살은 더 많을 수 있다.

데스크 보드로 가서 뉴스 창을 열고 검색을 해보지만 관련 기사는 하나도 나오지 않는다. 다른 언론사의 사람 기자들도 제보를 받았을 텐데 보도가 전혀 없는 건 시스템이 검열하고 있을 가능성이 크다는 것을 의미한다.

정신이 번뜩 들면서 게임룸으로 달려간다. 문을 열자마자 안도의 한숨이 새어나온다. 민은 바닥에 누워 코를 골며 깊이 잠들어 있다. 며칠 밤을 새우면서 게임을 하다가 쓰러진 것 같다. 이름을 부르며 흔들어도 깨어나지 않아서 양팔을 잡고 게임룸 밖으로 질질 끌고 나온다. 통 먹질 않아선지 몸이 아이처럼 가볍다. 민의 방에 데려다 눕히고 머리를 찬찬히 쓰다듬는다. 코끝이 시큰하다.

— 2차 혁명의 방법은 무엇인가요?

— 자본가들로부터 시스템과 AI를 빼앗아서 사회적으로 공유하는 겁니다. 과학과 기술은 인류 공동의 자산이에요. 소수의 것이 아니라 모두의 것이 돼야 합니다.

마르크스 부류를 섬기는 종교인인 것 같고, 그렇다면 납세자당 쪽 급진 노동운동 세력일 수도 있다.

— 그건 알겠는데요. 방법이 궁금한 거예요. 구세군이 진짜 군대는 아니잖아요. 12월 혁명처럼 민중봉기를 하려는 건가요? 하지만 그땐 대규모 실업 사태라는 사회적 조건이랑 기본소득 도입이라는 뚜렷한 목표가 있었잖아요.

우리 곁으로 다른 등산객들이 마주쳐 지나간다. 남자가 뭔가 말을 꺼내려다 입을 다문다. 흙길을 밟으며 계속 걷는다. 어제보다 기온이 더 높아서 숲 그늘도 더위를 덜어주지 못한다.

— 도축이 시작됐어요.

남자는 주변을 둘러보더니 내 귀에 대고 속삭인다.

— 도축이요?

— 적들이 무직자들을 학살하고 있어요. 막아야 해요. 폭로해야 합니다. 혁명은 거기서부터 시작될 거예요.

— 혹시, 미르에서 벌어지고 있는 연쇄 자살 사건과 관련이 있나요?

남자는 답하지 않는다. 아직은 말해줄 수 없다고 한다. 어떤 식으로든 관련이 있는 것이 분명하다.

이튿날에도 그 이튿날에도 인터뷰는 같은 시각과 장소에서 반복된다. 우리는 매번 다른 등산 코스를 이

용한다. 나흘째 되는 날에는 등산로 입구 식당에서 식
사를 함께하기도 한다.

— 제 뒷사람이 되시죠.

식사를 마치고 나서는 길에 남자가 뜬금없이 조직
에 가입할 것을 제안한다.

— 저는 기자고, 인터뷰를 하려고 선생님을 만나고
있는 거예요. 저에 대해 아는 것도 없으시잖아요.

구세군의 주장이나 목표에 동의하는 것도 아니고,
그게 무엇이든 그들의 싸움에 끼어들 이유도 없다.

— 저만의 생각이 아닙니다. 조직에 꼭 필요한 사
람이라는 의견이에요.

— 누구의 의견이죠?

남자는 고개를 가로젓는다. 그의 앞사람이거나 그
앞사람 또는 그 앞사람의 앞사람일 것이다. 지도부일
수도 있고.

— 거절하셔도 됩니다. 그치만 인터뷰는 그만 마
쳐야 해요. 지금까지 드린 정보로도 기사 몇 개는
쓰실 수 있을 겁니다. 보도가 될 수 있을지는 모
르지만요.

고민이 된다. 그러나 엄청난 사건이 벌어지고 있고
그 내막을 취재할 다시없을 기회다. 여기서 멈출 수는

없다.

그러겠다고 한다. 남자가 내 손을 움켜쥐며 아주 작은 목소리로 "동지"라고 부른다. 가입한 건 난데 되레 자신이 감격한 듯 눈물을 글썽인다.

하나, 세계를 구하기 위해 목숨을 바친다.

둘, 목숨을 다해 사람을 사랑한다.

셋, 목숨을 걸고 조직의 비밀을 지킨다.

넷, 목숨을 걸고 앞사람의 지시에 따른다.

다섯, 목숨을 걸고 뒷사람을 보호한다.

남자가 구세군의 다섯 가지 계명을 일러준다. 전부 '목숨'이라는 단어가 들어 있다. 다섯째 계명을 듣고 나서야 눈물을 글썽인 이유를 짐작한다.

— 궁금한 게 있어요.

남자는 전과는 다른 눈빛으로 나를 바라본다.

— 왜 세계를 구하려는 거예요? 그것도 목숨까지 걸고서요.

— 그럴 만한 가치가 있으니까요.

남자가 해맑게 웃으며 말한다.

— 잘 모르겠어요. 구할 방법이 있는지도 모르겠지만, 그보다 세계가, 사람들이, 이런 사람들이 구할 만한 가치가 있는지를요. 솔직히 저는 나 자신을

구하는 것만 해도 벅차거든요.

— 모든 것의 가치나 의미는 원래부터 있는 게 아니라 스스로 부여하는 겁니다.

남자는 접선 장소를 서울숲으로 변경한다. 그리고 자신이 접선 장소에 나오지 않으면 문제가 생겼다는 뜻이니 미르에 들어가서 구세군을 찾으라고 한다. 무슨 문제가 생긴다는 것이고 채널이 수백 개나 되는 미르에서 어떻게 구세군을 찾느냐고 물으니 12월을 기억하라는 수수께끼 같은 답만 일러준다. 연쇄 자살 사건에 대해서도 한 번 더 물어보지만 곧 알게 될 거라고만 한다.

†

집으로 돌아오며 민에게 근래의 일들을 털어놓고 상의를 해야겠다고 결심한다. 미르에서 떼어놓으려면 그 방법밖에 없을 것 같다.

하지만 그럴 수 없다.

민은 천장에 매달려 있다.

정확히는 천장 등에서 수직으로 내려온 끈에 목이 매달린 채로 허공에 떠 있다.

눈앞의 상황을 이해하기 어려워서 그 자리에 멍하

게 서 있다. 불현듯 정신을 차리고 끈부터 풀어내려 해보지만 잘 풀리지 않는다. 주방으로 달려가 가위를 들고 와서 잘라버린다. 민의 몸이 내 품속에 잠시 들어왔다가 힘없이 바닥으로 미끄러진다. 숨을 쉬지 않고 맥박도 뛰지 않는다.

워치로 구급차를 부르고 현관에 있는 심폐소생기를 가져온다. 워치의 창에서 작동법이 자동으로 재생된다. 상의를 벗기고 두꺼운 조끼처럼 생긴 소생기를 상체에 결착시킨 다음 호흡관을 입에 연결한다. 몸에 온기가 남아 있다.

— 시작.

명령을 내리는 목소리가 심하게 떨린다. 그러나 소생기가 흉부 압박과 인공호흡을 다 마친 뒤에도 민의 숨은 돌아오지 않는다. 워치의 창에 "소생 불능"이라는 메시지가 뜬다. 한 번 더, 또 한 번 더 작동시켜보지만 마찬가지다. 구급 로봇 두 대가 뒤늦게 집에 도착한다.

구급차를 타고 병원으로 가는 길에야 이성을 되찾고 미르 때문이라는 데 생각이 미친다. 무슨 수를 쓰든 미르를 그만두게 해야 했다. 게임룸을 부숴버리기라도 해야 했다. 알량한 취재에 넋이 나가서 민을 위험에 빠지도록 내버려두었다. 모든 게 내 잘못이다.

가슴을 쥐어뜯는다. 오열이 터져 나온다. 구급 로봇들은 "삼가 조의를 표합니다"라는 말만 반복한다.

연쇄 자살이 남자가 말한 '도축'이라면 민의 죽음도 자살이 아닐 수 있다. 민은 일자리를 잃고 상심했지만 미르에 자신의 세계가 있고 거기서 행복하다고 했다. 내게 말 한마디 남기지 않고 훌쩍 떠나버릴 리도 없었다.

진실을 알아야 한다. 그리고 만약 자살이 아니라면 민을 죽음으로 몰아간 자들을 찾아 죗값을 치르게 해야 한다.

이튿날 접선 장소에 남자가 나타나지 않는다. 밤이 깊을 때까지 기다리지만 오지 않는다.

그다음 날은 관악산 등산로 입구에서 기다려보지만 만날 수 없다.

이제 미르에 들어가야 한다.

†

게임룸 구석의 탁자에 민의 워치가 놓여 있다. 워치는 목소리 같은 생체 정보로 주인을 식별하기 때문에 내가 민의 워치를 작동시킬 방법은 없다. 비상시를 위한 패스워드 모드로 전환한다.

구세군

패스워드는 무엇일까? 혹시나 하는 마음에 "진"이라고 발음해본다.

— 패스워드 모드로 접속되었습니다.

내 이름이었다. 눈앞이 뿌예진다.

채널을 골라야 한다. 남자는 12월을 기억하라고 했다. 게임룸 벽면에 띄워진 채널 목록을 훑어본다. 맨 아래에서 '12월 혁명'을 발견한다. 캐릭터는 현실의 나처럼 30대 중반 여성, 직업은 기자로 정한다. 키와 체형, 얼굴 같은 옵션들도 정한다.

오래전에 해본 가상현실 게임들과 달리 전신 슈트도 워킹 플레이스도 보이지 않는다. 벽면의 디스플레이가 안내하는 대로 헬멧을 착용하고 게임룸 가운데 있는 의자에 앉는다. 시작 명령을 내린다.

사방이 완전한 암흑으로 변했다가 한순간 환하게 밝아진다. 눈이 부시다. 넓은 도로의 한복판에 서 있다. 멀지 않은 곳에 이순신 장군과 세종대왕의 동상이 서 있는 것을 보니 광화문 광장 부근인 것 같다. 춥다. 손이 시리다.

도로는 시위대로 가득 차 있다. 수천, 아니 수만 명은 되는 듯하다. 광화문 광장에 마련된 연단 위에서 지도자로 보이는 중년 여성이 연설하고 있다.

— 무직자도 사람이다, 기본소득 쟁취하자!

— 로봇을 때려 부수고, 세상의 주인 되자!

여자가 구호를 선창하고, 시위대가 팔을 치켜들며 따라 외친다.

기타를 둘러멘 가수가 연단 앞쪽으로 나온다.

— 우리는 무직자 가진 것 없지, 그것들이 모든 걸 빼앗아갔지, 한 걸음 더 물러서면 낭떠러지 앞이다, 이제는 목숨까지 앗으려 하네, 총을 들 시간이다 칼을 들 시간이다, 싸워라 부수어라 불 질러라, 세계의 주인은 사람이다….

나도 알고 있는 12월 혁명의 노래, 무직자 행진곡이다.

노래가 끝날 무렵 복면을 쓴 사람 하나가 연단에 오른다. 주최 측과 다른 소속인지 실랑이가 벌어지지만 곧 합의가 이루어진 듯 주최 측이 자리를 내어준다.

— 구세군입니다. 동지들께 드릴 말씀이 있어서 잠시 자리를 빌렸습니다.

제대로 찾아온 것이 맞다.

— 잘 들어주십시오. 지금 드리는 말씀은 12월 혁명이 아니라 바로 오늘의 이야기입니다. 적들이 무직자를 학살하기 시작했습니다. 기본소득 동결과

안락사법 개악으로도 모자라서 수많은 무직자들을 잔인무도하게 살해하고 있습니다. 우리는 더는 가축으로 살고 가축으로 죽기를 거부할 것입니다. 사람으로 살고 사람으로 죽을 것입니다. 구세군은 맞서 싸우겠습니다. 동지들도 함께하시겠습니까?

― 게임 중에 끼어들어서 무슨 헛소리를 하는 거야?

몇몇이 야유를 보내지만 많은 사람들이 함성으로 지지를 표한다. 일이 어떻게 돌아가는지 알기 어렵다. 그해 12월과 오늘이 미르에서 한데 겹쳐진다.

그때 광화문 쪽에서 느닷없이 군인들이 나타나 최루탄을 난사하며 진압에 돌입한다. 시위대는 어쩔 줄 모르고 우왕좌왕할 뿐이다. 새하얀 최루탄 연기가 내가 있는 곳까지 밀려오자 폐가 찢어지는 것 같은 통증을 느낀다.

통증을 느낀다고? 그제야 미르가 뇌파를 통해 작동한다는 사실을 기억해낸다. 내가 보는 모든 것은 어떤 창에 띄워지는 것이 아니라 전기 신호의 형태로 뇌의 시각피질에 직접 전달되고 있다. 다른 감각들도 마찬가지다. 진짜 현실과 구분할 수 없다.

시위대의 뒤편에 있던 젊은이들이 앞으로 달려 나오며 화염병을 투척한다. 수십 개의 화염병이 군인들을

향해 날아간다. 군인들의 대오가 잠시 흐트러진다. 그러
나 곧 대오를 정비하고 화염병을 든 젊은이들에게 조준
사격을 시작한다. 퉁, 퉁, 퉁, 퉁. 총소리가 고막을 때린
다. 사람들이 고꾸라진다.

군인들이 그물망을 쏘아 시위대를 포획한다. 시위
대는 비명을 지르며 도로 양편으로 썰물처럼 밀려난다.
서로 부딪히고 넘어져 나뒹군다. 일부는 골목을 향해
도망친다. 나도 쓰러진 사람들을 피하거나 뛰어넘으며
골목 쪽으로 달린다.

골목에 들어서서 첫 번째 모퉁이를 돌아섰을 때 지
극히 비현실적인 장면이 눈앞을 가로막는다. 길 한가운
데 새빨간 자선냄비가 서 있고 어린 남자아이 하나가 그
옆에서 두 손으로 힘껏 종을 흔들고 있다. 등 뒤에서 쫓
아오는 총소리 사이로 딸랑, 딸랑, 딸랑, 종소리가 선명
하다. 다른 사람들은 자선냄비와 아이를 비켜 달려가지
만 나는 그 앞에 멈추어 선다.

†

남자아이를 따라 낡은 건물의 지하로 내려간다. 흐릿한
조명 아래에 어린아이 셋이 더 모여 있다. 어차피 캐릭터

구세군

일 뿐이지만 모두 대여섯 살 정도로 보인다.

— 세 번째와 네 번째 계명이 뭐죠?

동그란 안경을 쓰고 양 갈래로 머리를 땋은 여자아이가 짧은 질문을 던진다. 뿌연 입김이 새어나온다.

— 목숨을 걸고 조직의 비밀을 지킨다, 목숨을 걸고 앞사람의 지시에 따른다.

— 기다리고 있었어요.

갈래머리 여자아이가 미소를 짓는다.

— 누구신가요?

— 아시다시피, 구세군입니다.

— 대표신가요?

— 그런 건 중요하지 않아요. 동지의 앞사람 중 한 명이라고 해두죠.

— 왜 구세군이 미르 안에 있죠? 구세군은 시스템에 반대하지 않나요?

— 시스템이나 미르는 중립적이에요. 누가 어떤 목적으로 이용하는지가 문제죠. 사실 구세군은 미르에서 주로 투쟁하고 있습니다. 우리의 메시지를 선전하고 사람들을 조직하는 데 미르만 한 곳은 없어요.

— 모든 채널에서요?

— 거의 모든 채널에서요.

— 제 파트너가 죽었어요. 자살했는데 자살이라고 믿지 않아요. 미르에서 벌어지고 있는 연쇄 자살 사건들과 같아요. 어떻게 된 일인지 알고 있죠?

갈래머리 여자아이가 한 걸음 뒤로 물러나고 바가지 머리를 한 남자아이가 앞으로 나선다.

— 기본소득이 무직자들을 먹여 살리지 못하는 때가 오면 이 체제는 무너질 거예요.

누구나 알고 있지만 차마 입에 올리지 못하는 이야기다.

— 방법은 두 가지가 있죠. 무직자 수가 늘어나는 것만큼 기본소득을 늘리든가, 기본소득이 줄어드는 것만큼 무직자 수를 줄이든가.

— 그래서 자유당이 무직자들을 죽이고 있다는 건가요?

바가지 머리 남자아이가 갈래머리 여자아이를 돌아본다. 갈래머리 여자아이는 조용히 나를 노려보다가 입을 뗀다.

— 자유당이 아니라, 기본소득당입니다.

머리칼이 쭈뼛 선다.

— 말도 안 돼요. 기본소득당은 무직자들의 당이잖아요. 무직자들의 당이 무직자를 죽이고 있다고요?

구세군

— 총액이 동결됐잖아요. 그들은 막을 수 없었어요. 하지만 가짜 낙원은 유지하고 싶었죠. 자기들의 존재 이유이자 명분이니까요. 그렇다면 결론은 정해져 있어요. 늘어나는 무직자의 수만큼 무직자를 제거하는 거죠. 일종의 평형상태를 만들려 한다고 할까요. 그들도 우리처럼 미르를 이용합니다. 미르 시스템으로 뇌파를 조작해서 자살을 유도하는 거예요.

— 제 파트너도 그렇게 당했다는 건가요?

갈래머리 여자아이는 침묵으로 답한다.

— 지금 미르는 전쟁터예요. 적들은 무직자들을 죽이고 있을 뿐만 아니라 구세군도 찾아내는 즉시 살해하고 있습니다. 동지의 바로 앞사람에게 그랬던 것처럼요.

남자가 살해되었다는 것도 이제야 알게 된다.

— 그게 다 사실이라면 왜 폭로하지 않죠?

— 많은 언론에 제보했어요. 동지도 우리가 보낸 메시지를 받지 않았나요?

말을 아끼고 있던 체육복 차림의 여자아이가 끼어든다.

— 기본소득당 대표를 인터뷰할 예정이죠? 생방송

으로요.

내가 천천히 고개를 끄덕인다.

— 그게 우리가 동지를 데려온 이유였습니다.

체육복 차림의 여자아이가 무겁게 말을 잇는다.

— 그 여자를 죽이세요. 그날 모든 구세군이 봉기할 거예요. 미르가 아닌 현실에서요. 파트너에 대한 복수가 되기도 할 겁니다.

— 당신들의 말이 진실이라는 걸 어떻게 증명할 수 있죠?

— 믿지 못한다면 증명할 방법은 없어요. 다만 눈을 크게 뜨고 살펴보세요.

†

기본소득당 대표 인터뷰가 하루 앞으로 다가왔다. 머릿속이 엉망진창이다. 최대한 침착하게 상황을 정리해본다.

미르의 유저들이 자살하고 있다는 제보를 받았고 민도 외관상으로는 자살했다. 구세군을 자처하는 사람들을 만났는데 그들은 기본소득당이 무직자들을 뇌파 조작으로 자살시키고 있다고 주장했다. 여기까지는 의

심의 여지가 없는 사실이다.

그러나 구세군의 진짜 정체가 무엇인지 아직도 알지 못하고, 정말로 기본소득당이 무직자들을 살해하고 있는 것인지, 민도 같은 이유로 살해된 것인지는 그들의 말 외에 확인할 방법이 없다.

그들은 내가 기본소득당 대표를 인터뷰한다는 사실을 알고서 접근했다. 앞사람과의 첫 만남도 계획의 일부였을지 모른다. 아니다, 그건 온전히 내 선택이었다. 아니 그렇더라도, 내가 앞사람을 인터뷰하는 중에 기본소득당 대표에 대한 암살 계획을 세우고 내게 암살의 동기를 부여하기 위해 민을 죽였을 가능성도 없지 않다. 납세자당 급진세력이거나 기본소득당 내부의 다른 파벌일 수도 있다.

복수할 용기가 없어서 합리화할 이유를 찾고 있는 건 아닐까? 사람을 죽이는 것이 무서워서? 그럴지도 모른다. 그들이 나를 이용하려는 것도 맞다. 하지만 그들이 민을 죽였다거나 모든 게 다 거짓일 거라는 의심은 온전히 내 상상의 산물일 뿐이다. 근거는 아무것도 없다. 합리적 의심이라고 하기 어렵다.

워치가 통화 요청이 들어온 것을 알려준다. 홍이다.

── 하지 마.

홍은 다짜고짜 하지 말라고 한다. 흥분한 얼굴이다.

— 무슨 말이야?

— 네가 하려는 게 뭐든 그냥 하지 마.

— 하고 싶은 말이 있음 정확하게 해.

— 개인적으로 하는 얘기야. 너에 대한 애정 같은 거 때문이기도 하고.

— 무슨 소릴 하는 거야? 그래서 뭘 하지 말라는 건데? 그리고 왜?

— 세상을 그대로 둬. 지금이 최선이라는 생각은 안 해? 네가 뭘 한다고 세상이 달라질 리도 없지만, 정작 그 사람들이 세상이 달라지는 걸 원할까? 어쨌든 지금 시스템 속에서 모두가 행복하게 살고 있어.

기본소득부에 정보가 들어간 걸까.

— 그리고… 민의 일은 실수였어. 네 파트너인 줄 알았다면 그쪽에서도 건드리지 않았을 거야. 몰랐대. 정말 유감이야. 비공식적인 방법으로나마 적절한 보상이 있을 거래. 암튼 거기 너무 감정을 싣지 마. 돌이킬 수 없는 일이잖아. 그냥 하려던 대로 인터뷰해. 폭로 같은 건 누구에게도 도움이 안 돼.

— 폭로 같은 건 안 할 거야.

뛰는 가슴을 진정시키며 최대한 담담하게 대답한다. 계획을 모두 알고 있지는 않은 것 같다.

— 그럴 거라고 믿을게. 다 너를 위해서야.

— 근데 그게 걱정되면 왜 인터뷰를 취소하지 않아?

— 중간에도 멈출 수 있단 걸 알잖아? 네가 무모한 일을 저지르지 않을 거라고 믿지만, 선거가 코앞이야. 작은 사고도 없이 지나가길 모두가 바라고 있어.

의외의 곳에서 중요한 의문 중 하나가 풀린다.

†

자율주행차에서 내리자 마중 나온 사무총장이 함박웃음으로 인사를 건넨다. 기본소득당 당사이자 기본소득부 청사의 로비로 들어가 검색대를 통과한다. 건물 시스템은 아무것도 발견하지 못한다. 사무총장과 함께 대표실로 직행하는 승강기에 오른다. 3~4초 만에 80층에 도착한다. 기본소득당답게 로봇이 아닌 사람 비서들이 허리를 굽히며 인사한다. 걱정했던 것만큼 긴장하지는 않는다.

대표실로 들어간다. 대표는 아직 없다. 사무총장이 안내한 소파에 앉는다. 사무총장과 비서들은 입구 쪽에 가서 선다. 먼저 도착한 카메라 로봇이 경쾌한 목소리로 10분 남았다고 알려준다. AI 앵커가 브리핑을 하고 있을 시간이다. 대표가 내실 문을 열고 나온다. 은은한 미소를 띠고 있다.

플라스틱으로 된 가방 손잡이를 쪼개 단면을 날카롭게 간 다음 접착제로 살짝 붙여두었다. 사람을 죽여본 적도 없고 죽이는 법도 모르지만 목 같은 부위를 여러 번 찌르면 되지 않을까 싶다. 성공하든 실패하든 어차피 봉기는 일어날 것이다.

멀지 않은 곳에서 폭죽인지 폭탄인지 모를 폭발음이 들린다. 구세군이다. 사무총장과 비서들이 창가로 몰려간다.

여자는 혼자다. 나도 혼자다. 여자는 거리의 소란 따위는 개의치 않는 듯 변함없는 미소로 악수를 청한다. 그제야 여자가 미르에서 보았던 '12월 혁명'의 지도자인 것을 깨닫는다.

하지만 그런 건 중요하지 않다. 머뭇거릴 여유가 없다.

나는 가방 손잡이를 굳게 움켜쥐고 일어서서 여자를 향해 한 걸음 다가간다.

구세군

화성에서 식물-되기, '증상'으로 살아가기

최성실(문학평론가)

Take a look at the lawman

Beating up the wrong guy

Oh man! Wonder if he'll ever know

He's in the best selling show

Is there life on Mars?

David Bowie – Life On Mars?

‡ 그의 '첫'에 대해서

"엄마 뱃속에서 몸을 웅크리고 매달려 가던 당신의 무서운 첫 고독이여. 그 고독을 나누어 먹던 첫사랑이여. 세상의 모든 첫 가슴엔 칼이 들어 있다. 첫처럼 매정한 것이 또 있을까. 첫은 항상 잘라버린다. 첫은 항상 죽는다. 첫이라고 부르는 순간 죽는다."*

《모든 것의 이야기》는 김형규의 첫 소설집이다. 첫, 이 첫이 주는 어감의 설렘과 긴장감과 신비함, 그리고 매정함과 고독을 견디어야 하는 그의 '첫'인 것이다. 첫 소설집이라 호명했으니, 이제 첫은 잘려나가고 가슴에 품고있는 '칼'이 남았다. 지금, 내가 여기 쓰려고 하는 것은 바로 그 '칼'에 대한 이야기가 아닐 수 없다.

 지난 몇 년 동안 우리는 죽음과 질병이 '공기 중에'도 떠다니는 시간을 버텨오고 있다. 그 질병 때문에 같이 숨을 쉬면서 산다는 것, 그 공동의 의미가 무엇인지를 더 고민하게 되었는지도 모른다.

* 김혜순, 〈첫〉, 《당신의 첫》, 문학과지성사, 2021.

259

이 질병은 개인이 철저하게 대처하고 방어한다고
해서 해결될 문제가 아니라 '공동'의 대응으로 해결해야
하는 공공의 적이다. 붕괴냐, 아니면 대전환이냐라는 급
격한 사회적 변동의 물음 앞에서 랑시에르의 말처럼 "몫
없는 자들의 몫", 즉 공동에 참여할 수 없고, 참여가 가
능하지 않은 이들에 대해서, 혹은 자신의 몫을 강(搾)탈
당한 자들에 대해서 우리는 어떠한 이야기를 할 수 있
을까?*

‡ 환대받지 못한 것들, 그 유령의 귀환

환대를 받지 못한 자들의 귀환, 정당한 사회적 환대와
시민으로 살아갈 권리를 박탈당한 자들은 '유령'(데리다)
이 되어 언제든지 우리 앞에 나타난다. 환대받지 못한
자(것)들의 출몰, 문학적 서사, 이야기의 상상력이 시시
각각 출몰하는 이 유령들의 역사적 실타래로부터 자유
로웠던 적이 있었던가?

노동자, 소외 계층, 계급 문제로의 귀환, 김형규 소

---

* 주디스 버틀러, 《지금은 대체 어떤 세계인가》, 김응산 옮김, 창비,
2023, 9~10쪽.

작품 해설

설은 여전히 등껍질로 달라붙어 있는 계층과 계급 등의 문제를 정면에서 부각하고 있다. 더 첨예해지고 복잡해진 자본의 논리로부터 문학적 상상력으로도 놓쳐버린 그 무엇, 예컨대 세련된 착취 기제들 속에서 능력주의는 어떻게 노동계급을 분열시키는지, 왜 자본계급에 더 주목해야 하는지* 등에 관심을 가져야 하지 않는가 라는 질문에 그의 '첫' 칼날은 향해 있는 것이다.

어린 시절, '나'의 별명은 개코였다(〈모든 것의 이야기〉). 촉각은 더디고 청각은 둔하지만 냄새 하나만은 기가 막히게 알아맞힐 수 있었다. 물론 후각이 발달했다고 해서

* 디지털 시대에 '계급 정치'에서 주목해야 하는 것은 노동계급이 아니라 오히려 자본계급이다. 자본계급은 지금 시대의 당면과제들을 만들고 있으며, 특히 노동자 계급 내에서의 분열을 조장하고, 피해자들끼리 투쟁을 하게 한다. 전통적으로 자본가 계급이란 생산수단을 소유한 집단이고, 반면 노동자 계급은 이런 생산수단을 갖지 못한 채 노동력만을 제공해 임금으로 생계를 유지하는 집단을 일컬었다. 그러나 디지털 시대에 이런 전통적인 자본과 노동의 개념, 혹은 관계성이 뒤집히고 있다. 계급 관계의 효과로 인해 계급이 부재하듯이 보이지만 그렇게 함으로써 오히려 존재한다는 역설적인 사실을 인지하고 문학적 서사는 이에 대해 더 예리하고 섬세하게 고민할 필요가 있다(김만권, 〈디지털, 능력주의, 그리고 계급의 귀환〉과 서동진, 〈계급 이후의 계급-계급의 재현을 위한 물음〉, 《문학과 사회》(문학과지성사)의 2023년 여름호 〈다시-계급〉, 참조).

인생이 잘 풀리는 것도 아니며, 오히려 이 능력이 일상의 불편함을 초래하는 원인이 되었지만 말이다. 왜냐고? 다른 사람들처럼 안락하고 둔하게 살 수 없도록 나의 감각을 자극하는 촉수가 되었기 때문이다.

냄새에 민감하니 공간에서 나는 악취, 사람들의 체취를 쉽게 맡는다. 그 순간 '나'의 몸, 육체는 어떻게 해야 살아남을 수 있는지, 혹은 살릴 수 있는가를 판단하고 즉각적으로 반응하는 수용체로 변신한다("남자의 눈동자가 심하게 흔들린다. 겁은 심하게 줄수록 좋다. 조금이라도 망설이는 모습이나 허술한 구석을 보여서 상대가 저항하게 되면 정말로 찌를 수밖에 없다. 아버지에게 그랬던 것처럼"(15쪽)). 그 감각적 수용체는 사회적인 공공의 적, 악취로 맡아지는 더러운 사회적인 '악'을 뜨거운 감자로 만들어버리는 칼날을 가졌다.

이러한 후각은 가시적인 폭력, '악'인 것을 감각적으로 느끼고 본능적으로 증오하는 심리적이고 정서적인 부분의 심연에 닿아 있다. 그러니 커피호프집에서 전형적인 약한 자(탈북민 여자이며 노동자)를 괴롭히는 짐승 같은 인간들과 대응할 때도 무엇보다 먼저 그를 자극한 것은 지하실에서 나는 악취였다.

그러나 이 본능은 《향수》의 그르누이의 그것처럼

자신의 욕망을 채우는 극단적인 에로스나 살인 충동과 같은 파멸적인 죽음에 닿아 있지 않다. 오히려 존재적 가치와 삶의 방향이 무엇인가를 자각하게 해주는 자극제일 뿐이다. 이 감각적 예민함으로 작가는 불안정한 일상에 존재하는 '악'의 실체를 드러내려는 서사적 욕망을 끝까지 포기하지 않는다.

이 소설에서 '악'적인 존재는 죽지 않을 만큼 어머니를 때렸던, 거세해버려야 했던 아버지이기도 하고, 천박한 자본주의 체제에서 인간을 "실험의 주체이면서 동시에 대상"(28쪽)으로 전락하게 만든 가진 자들의 계층/계급 논리이기도 하다. 그리고 이미 한물가버린 사회주의 잔여물이며 명분 자체가 목적이었던 더러운 정치적 논리, 허깨비 이데올로기이기도 한 것이다.

그런 의미에서 《모든 것의 이야기》를 구성하고 있는 이야기들은 시대를 막론하고 거대 담론의 지배 논리와 폭력적이고 억압적인 체제 안에서 환대받지 못한 자들에게 바치는 헌사이자 고발이다.

한편 '내'가 이렇게 냄새에 집착하는 행위는 삶의 충동과 자기 존재를 보존하려는 충동이면서 동시에 성적 충동과도 연결되어 있다. 탈북민 여자 '미'에게 순간적인 성적 충동을 느끼는 것도 성적 행위 자체가 목적이 아니라 자기 감각을 확인하고자 하는 것뿐이었다. 그리고 그 관계는 더 이상의 의미가 없다. 상호 소통을 통한 타자 '신체의 얽힘'(메를로퐁티)이 없는 성행위는 공허함을 초래할 뿐임을, 이 또한 환대받지 못하는 자들, 버려진 이들에게는 쉽게 허락되지 않음을 익히 알고 있기 때문이다.

‡ 화성에서 식물로 살아가기, 죄의식과 도덕 감정

김형규의 소설 저변에는 계몽주의, 다시 말해 시민계급의 희망, 사회, 정치, 경제 등 모든 면에서 새로운 시민사회가 도래할 것이라는 믿음, 이성적이고 합리적이며 정합적이라는 정치적 명제에 대한 강한 불신이 깔려 있다. 작가는 그런 세계를 은유적으로 보여주기 위한 알레고리나 혹은 강박적 탐색을 요구하는 미스터리의 서사를 구축하지 않는다. 다만, 그의 서사적 재량은 섣부른 폭력이나 복수, 비아냥거림이나 환멸적 서사를 피하면서 어떻게 지극히 현실적(경험적)인 모습들을 독자가 함께 공감할 수 있게 할 것인가, 그 고민의 자리에서 농밀하게 익어가고 있다.

　이는 아버지의 폭력에 시달리던 '어머니', 외국인 노동자 취급을 받으며 간신히 목숨을 이어가는 탈북민 여자 '미', 소비에트연방으로부터 추방당할 처지에 놓인 '나', 군대에서 벌어지는 폭력에 시달리다가 스스로 목숨을 거둔 '준호', 한국전쟁의 이념 논리에 따라 반동으로 몰린 '혜미' 등 소설의 인물들을 통해 분명하게 드러나고 있다. 여성이거나 노동자, 소외 계층인 이들은 환대받지 못한 지하 생명체로 취급되어왔다. 관찰자로서의 화자인 '나'는 이 불편함을 도저히 견딜 수가 없다. 하지만 이에 대한 복수 서사로 이 문제의식을 단순화하지 않는다.

그 이유는 작가의 서사적 전략 기저에 있는 죄의식과 '도덕 감정'* 때문이다. 도덕 감정은 단순한 윤리적 언명과는 다른 복합적인 감정의 실체다. 이 감정의 바닥에는 소설의 등장인물들 모두가 좀 더 강한 힘을 갖고 있었다면 하는 바람, 혹은 폭력으로부터 지켜줄 수 없었던 것에 대한 회한, 반복되는 자본주의 계급·계층의 사회적 모순에 대한 환멸 등 복합적인 감정이 섞여 있다. 그 물음은 미래의 어느 시간대에도 평행이론처럼 그대로 반복된다.

* 김왕배, 〈도덕감정: 부채의식과 감사, 죄책감의 연대〉, 《사회와 이론》, 한국이론사회학회, 136~137쪽. 싱 칼루, 《죄책감》, 김숙진 옮김, 이제이북스, 2004 참조.

그러니 지구를 떠난 화성에서도('화성 마오 기지, 2043')
오히려 더 극단적인 상황에서 철저하게 국가, 자본, 계
몽의 명분과 논리에 의해 관리되고 처리되는 남/여가
존재할 뿐이다. 그들은 성적 충동(지극히 개인적인 무의식)
조차 감시와 통제를 받는 공간에 놓이게 된다. 이들은
맡겨진 임무의 명분, 전쟁이라는 외적인 상황 논리에 의
해 이미 거세당했다.

그들이 에로스적 욕망을 끝까지 밀고 나가는 죽음
충동(프로이트)의 욕망을 확인하는 것이 처음부터 불가
능하다. "불필요한 성욕을 억제하는 약을 먹고 있었지
만, 성관계 자체가 금지되어 있지는 않았"(32쪽)음에도
불구하고 가장 중요한 심리적 기제에는 탈진한 정서적
박탈감이 자리하고 있다. 이것이 그가 매일 데이빗 보위
의 'Life On Mars'를 듣는 이유이기도 하다.

이 극단의 상황에서 개인이 선택할 수 있는 의지적
인 행동은 무엇일까? 자기 파괴적이거나 공격적인 것
이 아니라 자유의지를 박탈한 상대를 말려 죽이면서 자
발적으로 그 중심에서 탈출하는 것이다. 그러기 위해
서 '내'가 선택한 것이 있다. 스스로 인공태양을 지키며
식물처럼 자생적으로 살아가는 것이다. 식물들이 그러
하기를 바라듯이, "너는 나와 함께 온실로 향한다."(37

쪽) 그렇게 집착하던 "건축 현장의 냄새", "오줌 냄새"처럼 후각을 파고드는 냄새를 기억에서 지우는 것, 그래서 살아야 한다는 의지를 반영할 수 있는 것, 식물-되기는 살기 위해 선택한 자발적인 최초의 발악이었다. 그것이 '내'가 "물리학자가 아니라 식물학자가 된" 궁극적인 이유다. 화성이라는 미래 공간에서는 적어도 냄새에 시달리지 않으며 살고 싶다, 그러려면 식물처럼 스스로 주인이 되어 광합성을 하면 되는 것이다. 이제 식물-되기의 욕망은 삶을 재생하기 위한 제의적 행위로 옮겨간다.

〈가리봉의 선한 사람〉은 사회적 질곡에 저항하다 간신히 살아남은 자들이 어떻게 식물-되기의 삶을 지속해야 하는지 잘 보여주고 있다. 폭력의 시간을 견디고 살아남은 자들에게 '지금'은 또 다른 죽음과 사투하는 투쟁의 연속이다. 그 공간에는 비로소 '연대'를 말할 수 있을 만큼 정신적으로 성장한 '내'가 있다. 이제 '나'의 눈에는 "마당의 구부러진 나무가/ 토질 나쁜 땅을 가리키고 있다. 그러나 지나가는 사람들은 으레 나무를 못생겼다 욕"(브레히트, 〈서정시를 쓰기 힘든 시대〉)하는 자들이 보인다. 그러니 여전히 서정시를 쓰기 힘든 시대, 그래도 마당에 구부러진 나무의 침묵이 토해내는 소리를 들으라고 외쳐야만 한다. 신은 죽었고 "몫 없는 자"인 우리의 몫은 이제 스스로 찾아야 한다고("신은 떠나버렸습니다. 이제 이선에게는 무엇이 남았을까요? 여러분이라면 어떻게 하시겠습니까?"(180쪽)).

이 소설에서 연극적 제의는 이야기의 제의이기도 하다. 거대한 석상 위에 유령들을 부르고 제의를 지낸다. 살아남은 자들을 위한 것이 아니라, 살아가야 하는 자들을 위해서 말이다. 벗은 발로 조용히 그 제단에 올라 어쩌면 아주 오래전에 함께했던 삶의 노래, 살기 위해 불렀던 노래를 다시 하지 않겠느냐고 간절하게 말한다. 브레히트의 바람대로 부디 죽지 않기를, 조금 더 성장하기를 바라면서 말이다.

작가는 〈코로나 시대의 사랑〉에서 잠재된 욕망의 실체가 무엇인가를 알아가는, 일종의 '의식 성장 서사'를 보여주고 있다. '나'는 골방에 처박혀 현장에 가지도 않고 판결문을 고민하는 검은 커튼 안의 광물이다. 그런데 포기할 줄 모르는 호기심으로 세상과의 접촉면을 그대로 껴안고 부대끼며 사는 '너'를 통해 조심스럽게 감정이 무엇인지를 알아간다. 방구석의 광물이었던 내가 식물이 될 수 있는 순간이 온 것이다. 마침내!

작품 해설

‡ 사회적 체계, 관계성 안에서 '증상', 신경증의 언어로
살아가기

〈구세군〉은 '사회적 체계soziales system' 간의 모순적인
소통 방식이 어떻게 자멸에 이르는가를 잘 보여주는 소
설이다.* 이 관점에서 보면 세상은 '기계', '유기체', '사회
적 체계', '심리적 체계'로 나눌 수 있다. 여기서 '심리적
체계'란 '의식을 지닌 인간' 생명체를 이른다. '구세군'은
무직자들의 해방을, 기본소득당은 무직자의 경제를 책
임지겠다면서 정치적 공세로 무직자들을 선동하는 사회
적 체계다. 미르는 기계에 해당하며, 인간들은 심리적 체
계에 속한다고 볼 수 있다.

　　특히 이 중에서 심리적 체계, 즉 생명체가 갖는 중
요한 특징이 있다. 생명체는 외부 환경의 영향을 받지
만, 환경과 분리된 내적 자율적 체계로 숨을 쉬며 살아

* 루만의 체계이론에 따르면 세상은 계급으로 분화되어 중심화되어 있지
않고 오히려 기능으로 탈중심화되어 있다. 이러한 시각이 현대사회의 다
층적이고 다양한 계급적 모순과 사회적 갈등 양상을 오히려 더 심층적
으로 들여다볼 수 있는 인식론적 전환을 제공할 수 있다고 본다. 니클
라스 루만, 《사회적 체계들: 일반이론의 개요》, 이철·박여성 옮김, 한길사,
2020, 참조.

가기도 한다. 자기 생명을 내적 구조 안에서 만들어내며 지탱하는 존재이므로 신진대사가 멈추는 순간 생명체는 살 수가 없다. 무직자들에게 기본소득을 보장하겠다는 기본소득당의 정치적 전략 자체가 생명체의 자율권을 빼앗은 치명적인 선동이었다. 미르 안에서의 합법적인 게임을 통해 정신적 자율성을 잃어버린 자들은 스스로 자기 목숨을 포기하는, (이들에게) 너무도 고마운 존재자들로 전락한다. 기능의 주도권을 쥐고 있는 자들에게는 처음부터 주체로서의 유저들에게 관심이 없었다. 기득권(기능)으로 자신들의 권력적 체계를 더욱 공고히 하고자 했던 계층의 지배 논리(명분)만이 중요한 것이다. 시스템은 "어떤 목적으로 이용하는가"(249쪽)가 중요하다. 무서운 것은 이에 따라서 생명체들은 자율적으로 살아나기도 하고 말라죽기도 한다는 것이다.

이 장면에 주목해보자. "게임에서의 자살은 불가능한 일도 드문 일도 아니다. 미르 같은 게임은 하나의 채널에서 하나의 캐릭터만을 허용하기 때문에 유저들은 캐릭터가 싫증이 나면, 꼭 그래야 하는 것은 아니지만, 캐릭터를 자살시키기도 한다. 그러나 마지막 문장이 시선을 붙들었다. 자살하는 캐릭터의 유저는 모두 무직자들이고 그들은 현실에서도 모두 자살한다."(223쪽) 어떻게 이러한 일이 가능한가?

작품 해설

사회적 체계는 독립성과 의존성이 함께 증가한다. 그래서 문제를 해결하는 듯이 보이지만 다시 더 큰 문제를 낳기도 하는 것이다. 작가의 시선은 그 파국, 균열과 자멸의 시간에서 나타나는 '증상'을 예리하게 주시한다.

라캉은 주체 자신이 만든 이미지와 자신을 구별하지 못하는 단계, 즉 거울에 비친 자신의 모습이 이상적인 자신이라고 오인하는 단계, 역설적이게도 이 오인에 의해서 '자기 탄생'이 이루어진다고 했다. 이 오인으로 자기와 타자가 하나 되는 자기 동일화의 착각에 빠지게 된다. 그러니 미르 시스템과 내가 성장과 죽음을 함께할 수 있다고 인식하는 것 자체가 착각인 것이다. 그런데도 국가와 정치 시스템은 오히려 이를 방조하고 조장하지 않았는가? 그러니 살아남기 위해서는 정신을 바짝 차리고 눈을 크게 뜨고 사유하며, 자각하며 살아야 한다. 언제나 균열을 겪고 있는 어떤 내 안에서 사유가 발생한다고 했던가? 신경증의 언어와 '증상'으로부터 말이다.

〈구세군〉은 본격 장르 소설이다. 점차 장르 문학은 부조리한 사회구조에 대한 적극적인 저항의식, 연대와 협력*을 넘어서 '자본'(자본계급) 자체가 자가당착적인

---

* 정보라, 〈한국 SF문학 속의 계급〉, 《아트앤스터디 강의 노트》 2012.

착취와 더불어 어떻게 자가증식하며 기생하는가를 감시하는 시사 다큐멘터리의 초밀착 카메라가 될 것이다. 작가의 마지막 칼날은 여기에 닿아 있다. 어쩌면 김형규의 〈구세군〉은 지금까지 SF 문학이 본격적으로 접근하지 못했던 미학적 리얼리즘 서사의 지평을 열어갈 새로운 '문'이 될지도 모르겠다.

‡ 다시 '첫'에 대해 말하면서

지독한 현재형 '~ㄴ다'의 서술어를 유독 좋아하는 작가는 지치고 어둡고 새삼스러울 것도 없는 삶에서 그래도 놓고 싶지 않은 것이 있다. 꽃피는 사과나무에 대한 감동을 느낄 수만 있다면 화성의 먼지로라도 살아남기를 바라는 절대적인 희구 말이다. 그는 데이빗 보위와는 다른 차원에서 지구에서도 화성에서도 삶은 지속해야 하고 그럴 수밖에 없으니, 어찌하겠는가, '함께 가보자'라고 말할 수밖에 없는 작가의 운명을 타고났다.

　김형규의 첫 소설집은 이렇게 '첫'이 품고 있는 칼날을 선명하게 드러내면서 시작하고 있다. 이 시작은 아마도 글쓰기가 감당해야 하는, 살아 돌아와야 하는 그 긴 여정 위에서 다른 방식으로 다시 시작할 것임을 알고 있다.

　　　　　　　　　　　　　작품 해설

"글쓰기를 통해 나가야 하는 길은 세상 어디에도 없는 길이다. 그 길은 오직 자기 자신만이 만들어가야 하는 길이기 때문이다. 자기 몸속에서 토해낸 실을 밟고 공중에서 옮아가는 것처럼 온몸으로 소처럼 밀고 나가야 하는 길 위에 있는 것이다. 그리고 마지막에는 어떤 요행도, 행운도 없는 그 길에서 살아 돌아와야 한다. 그렇지 않다면 목숨을 건 그 여정은 아무런 소용이 없다. 그것이 삶의 의무이며 희망인 것처럼"* 말이다.

* 이성복, 《극지의 시》, 문학과지성사, 2015, 36쪽.

작가의 말

많은 일이 있었습니다. 당신이 그랬던 것처럼, 나도 그랬습니다. 두려울 때마다 시공간의 무한함이나 빛의 속도 같은 것을 떠올렸습니다. 노트북을 열고 당신에게 보내는 편지를 적었습니다. 나의 2인칭, 당신에게요.

어린 시절 처음 글을 지을 때, 언어-문학은 선명히 반짝이는, 아름다운, 구원의 수단이었습니다. 내 눈에 비친 세계는 어둡고 냄새나고 어리석음과 탐욕, 가난과 불행으로 가득 차 있었습니다. 세계가 이분법적이기도 했지만 나는 더 날이 선 이분법으로 세계를 보았습니다. 리얼리즘이 그러한 세계를 비추는 거울이면서 찢는 칼이 될 수 있으리라고 믿었습니다. 하지만 청년이 되고 이분법이 찬연히 무너지면서 나는 냉소와 환멸에 깊게 빠져들었습니다. 언어와 세계의 불일치에 대해, 세계의 육중함과 단단함에 대해 더 많이 알게 될수록 언어-문학은 내 일그러진 얼굴을 간신히 비추는 깨어진 거울 조각이거나 자해용으로나 쓸 수 있을 주머니칼밖에 되지 않아 보였습니다. 호르헤 루이스 보르헤스가 그랬던가요. 세계를 있는 그대로 보여주는 리얼리즘이란 애초에 불가능하고 가능하더라도 아무짝에도 쓸모가 없다고. 나는 언어-문학이 후시딘 연고 같은 것이라고 생각하기로 했습니다. 당신과 내가 겪은 고통의 크기 자체는

275

어쩌지 못하더라도 당신과 내가 같은 고통을 겪었음을 서로 이해함으로써 고통이 남긴 흉터의 크기를 줄일 수는 있을 것이라고. 그러나 바쁘고 정신없는 날들이 회전목마처럼 돌아갔고 냉소와 환멸에서 비롯된 우울도 몹시 깊었으므로 제대로 된 글을 짓지는 못했습니다.

삶과 죽음에 대해 오래 생각하던 어느 날 당신과의 약속이 문득 떠올랐습니다. 세계와 사람에 대해 찬찬히 둘러보았고 우리는 머지않아 반드시 사라지지만 그 짧은 생 안에 자그마한, 아름다운 것들이 적지 않게 존재한다는 것을 알게 되었습니다. 그제야 나는 다시 글을 지을 수 있었습니다. 지금의 나에게 언어-문학이 무엇인지는 조금 더 시간이 지난 뒤에야 알려드릴 수 있을 것 같습니다. 중요한 건 아직은 당신에게 하고 싶은 이야기가 남아 있다는 것이니까요. 당신이 천년 전에 이미 지나갔거나 천년 후에 지나간다고 하더라도 언어-문학은 당신과 나를 연결해줄 수 있을 것입니다. 혹은 이미 연결하고 있습니다.

모두 2021년 봄부터 2022년 여름 사이에 지은 글들입니다. 〈모든 것의 이야기〉, 〈가리봉의 선한 사람〉은 더 나아감에 관한 이야기입니다. 〈모든 것의 이야기〉는 삶에 대한 회구와 죽음에 대한 욕망의 대립을 다섯 개의 시공간에서 일어난 다섯 개의 사건으로 보여주는 일종의 변주곡입니다. 미와 씨엔은 대림동과 화성과 마석과 레닌그라드와 하동에서 만나고 헤어집니다. 나는 씨엔도 사랑하지만 미가 마침내 스스로 문을 열고 나가길 바라고 있습니다. 〈가리봉의 선한 사람〉은 1991년과 2021년에 반복되는 노동자들의 삶과 가리봉이라는 공간에 숨겨진 사람들에 관한 소설-편지-희곡입니다. 형식의 실험도 있었지만 그보다는 약속을 지키기 위해 지은 것입니다. 당신과 나의 이선-들이 더는 죽지 않기를, 여기서 멈추지 않고 더 나아가기를 바라며 수십 번을 고쳤습니다. 〈대림동에서, 실종〉, 〈코로나 시대의 사랑〉은 오늘의 세계, 그리고 당신과 나의 연대에 관한 이야기입니다. 〈대림동에서, 실종〉은 몇 년간 대림동에 살면서 마주쳤던 이민자들에 대한 차별과 타자화를 다룬 사회 소설이고, 〈코로나 시대의 사랑〉은 재벌기업의 청소노동자 집단해고를 막기 위해 서로에게 쑥스럽게 손을 내미는 노동변호사와 신문 기자의 사랑 이야기입니다. 마지막 〈구세군〉은 근미래를 배경으로 기본소득, 무직자 혁명, 시스템의 강고함과 유연함을 다룬 정치-SF 물입니다.

감사 인사를 전할 분이 많습니다. 내가 지은 문장들이 당신에게 닿을 수 있도록 용감히 책의 출판을 결정해주신 나비클럽의 이영은 대표님과 한이 편집장님에게, 땀 흘려 책을 만들어주신 모든 출판 관계자분들에게 고개 숙여 사의를 표합니다. 온통 모자란 글들에 분에 넘치는 해설을 붙여주신 최성실 선생님에 대한 고마움과 죄송스러움은 차고 넘칩니다. 문학의 길을 알려주고 이끌어주신 최인석, 김정환, 베르톨트 브레히트, 가브리엘 가르시아 마르케스, 그리고 얼마 전 난쟁이의 공과 함께 하늘 멀리 날아오른 조세희 선생님에게도 깊이 감사드립니다. 김남주 선생님과 김철수 형은 내 마음속에 언제나 살아 있습니다. 나의 친구 현태, 덕련, 창용에게 진심 어린 우정의 인사를, 사랑하는 애란에게는 가장 따뜻한 포옹을 전합니다.

어찌 됐든, 나는 더 나아가 보겠습니다.

수록 작품 발표 지면

대림동에서, 실종
《계간 미스터리》
2021, 겨울호

코로나 시대의 사랑
《계간 미스터리》
2023, 봄호

구세군
《계간 미스터리》
2022, 가을호

모든 것의 이야기

초판 1쇄 펴냄 2023년 8월 25일

지은이 김형규
펴낸이 이영은
편집장 한이
교정 오효순
디자인 일상의실천
홍보·마케팅 김소망
제작 제이오

펴낸곳 나비클럽
출판등록
2017. 7. 4. 제25100-
2017-0000054호
주소 서울특별시 마포구 동교로
22길 49 2층
전화 070-7722-3751
팩스 02-6008-3745
메일 nabiclub17@gmail.com
홈페이지 www.nabiclub.net
페이스북 @nabiclub
인스타그램 @nabiclub

ISBN
979-11-91029-79-6 (03810)